王文才 著

烙印存稿

山西出版传媒集团
山西人民出版社

图书在版编目（CIP）数据

烙印存稿 / 王文才著 . —太原：山西人民出版社，
2012.12
ISBN 978 - 7 - 203 - 07910 - 1

Ⅰ.①烙…　Ⅱ.①王…　Ⅲ.①诗词 – 作品集 –
中国 – 当代　Ⅳ.① I 227

中国版本图书馆 CIP 数据核字（2012）第 231889 号

烙印存稿

著　　者：王文才
责任编辑：魏　红
装帧设计：刘彦杰

出 版 者：山西出版传媒集团·山西人民出版社
地　　址：太原市建设南路 21 号
邮　　编：030012
发行营销：0351 – 4922220　4955996　4956039
　　　　　0351 – 4922127（传真）　4956038（邮购）
E – mail：sxskcb@163.com　发行部
　　　　　sxskcb@126.com　总编室
网　　址：www. sxskcb. com

经 销 者：山西出版传媒集团·山西人民出版社
承 印 者：山西出版传媒集团·山西新华印业有限公司

开　　本：720mm×1010mm　　1/16
印　　张：14
字　　数：200 千字
印　　数：1 – 1 500 册
版　　次：2012 年 12 月第 1 版
印　　次：2012 年 12 月第 1 次印刷
书　　号：ISBN 978 – 7 – 203 – 07910 – 1
定　　价：53.00 元

作者烙印存照

中学日记

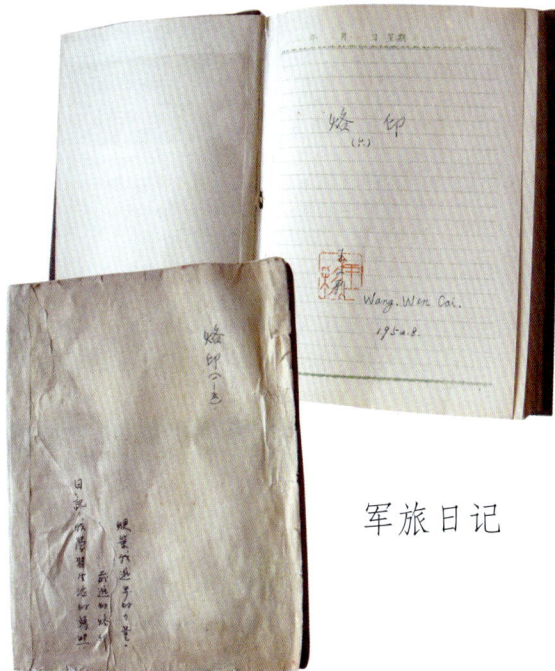

军旅日记

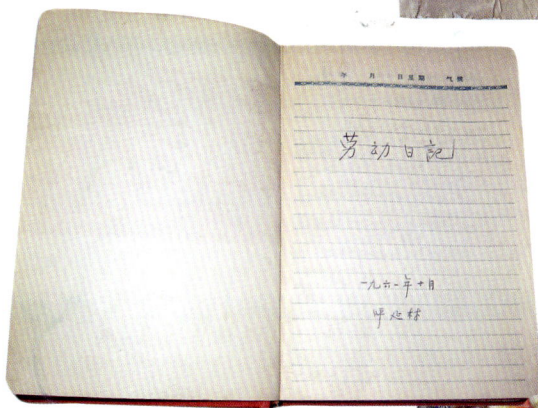

下放锻炼日记

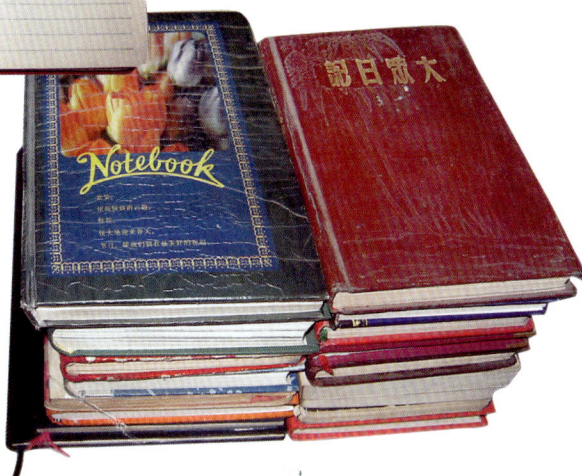

工作生活日记

中国吕梁·首届当代散曲创作学术论坛留影，中为中华诗词学会副会长、吉林诗词学会副会长张福有

中国吕梁·首届当代散曲创作学术论坛留影，中为中华散曲研究会副会长兼秘书长赵义山

参军照

转业照

中学同学相聚济南照

谢德萍题字

谢德萍　著名书法家，曾为中华书院院长，北京中华书学会会长，『飞天』草书研究会会长。中国书法家协会创始人之一。

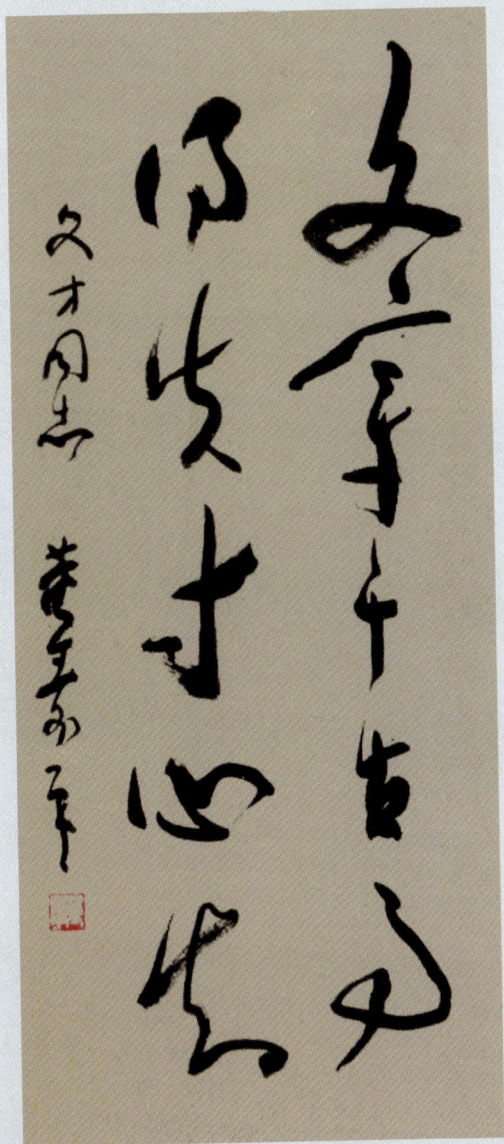

董寿平题字

董寿平 当代著名画家、书法家。曾为中国美术家协会会员、北京中国画研究会名誉会长。

　　王文才（曾用名王文彩），男，汉族，1934 年 11 月生于山东省潍县（今潍坊市）。1951 年 7 月毕业于潍坊市新青中学（今潍坊三中），当月参加军干校。结业后分配到建筑工程一师一团干部处。1955 年 1 月转业至山西省太原市。先后在企业和省、市党政机关工作近四十年。1995 年 1 月退休。中华诗词学会、山西诗词学会会员，山西唐踪诗社、山西散曲研究会成员，太原市老作家协会会员。著作有《王文才散曲选》。

目 录

○○一　序　文才风流战友情

○○一　代自序

○○一　乡思曲

○○三　竹枝·忆乡

○○三　竹枝·山东大葱

○○三　竹枝·朝天锅

○○三　竹枝·铁匠市

○○四　竹枝·念月

○○四　竹枝·郑板桥在潍县

○○五　〔越调·天净沙〕思乡居

○○五　长相思·白浪河

○○六　保安桥

○○七　满庭芳·十笏园

○○七　少年游·父亲的篦笼

○○八　寸草心

○○八　〔中吕·十二月过尧民歌〕伤痕

○○八　醉花阴·纪念潍县解放六十周年

○○九　好事近·忆解放潍县

○○九　一丛花·忆潍县乐道院

○一○　黑暗中的明灯

○一一　东关大街

○一一　〔双调·殿前欢〕潍坊国际风筝节

○一一　〔中吕·上小楼〕放鸢

〇一二　春光好·带哨风筝

〇一二　白浪河沙滩看飞鸢

〇一二　双星引·龙头蜈蚣风筝

〇一三　**军旅情**

〇一五　江城子·军干校第一课

〇一五　夜　练

〇一五　浪淘沙·练字

〇一六　〔仙吕·一半儿〕沪鲁话调侃

〇一六　稿村情

〇一七　江城子·老兵家书

〇一八　首战三源浦（外一首）

〇一八　独　思

〇一九　再战宽甸

〇二〇　难忘抢建机场

〇二〇　〔双调·雁儿落过得胜令〕忆当年屯营山坳

〇二一　渔歌子·夜下连队

〇二一　踏莎行·桑干河畔

〇二一　乘坐窄轨火车

〇二二　浪淘沙·建设苏联展览馆

〇二二　〔中吕·喜春来过普天乐〕离京整训时

〇二三　浣溪沙·军转时

〇二三　军旅日记感赋

〇二三　诉衷情·从军行

〇二三　军旅情

〇二四　参军六十周年抒怀

〇二四　朝中措·转业追思

〇二五　名胜游

〇二七　〔中吕·朝天子〕汾水新韵

〇二七　登高望石林

〇二七　菩萨蛮·石林

〇二八　忆江南·蒙山大佛

〇二八　忆江南·连理塔

〇二八　鹳雀楼

〇二九　黄河铁牛

〇三〇　鹧鸪天·普救寺

〇三〇　圣寿寺前蟠龙松

〇三一　八声甘州·有感晋源采风

〇三一　南乡子·大佛再现

〇三二　武陵春·开化寺

〇三二　抛球乐·豫让

〇三二　玉楼春·赤桥村

〇三三　〔南吕·一枝花〕天龙山

〇三三　〔越调·小桃红〕云簇湖

〇三四　〔中吕·普天乐〕谷恋古韵

〇三四　〔双调·水仙子〕戏剧之乡

〇三五　〔仙吕·游四门〕福祥寺

〇三五　忆王孙·岩良村

〇三五　鸣沙山月牙泉

〇三六　过火焰山戏作

〇三六　如梦令·参观敦煌藏经洞偶感

〇三六　〔双调·水仙子〕莫高窟

〇三七　〔双调·雁儿落过得胜令〕藏经洞追梦飞

〇三七　庆春宫·骆驼峰上观喀纳斯湖

〇三八　抛球乐·喀纳斯湖畔图瓦人

〇三八　〔双调·驻马听〕新疆行

〇三八　〔越调·天净沙〕天山天池

〇三九　〔黄钟·昼夜乐〕塞上绿洲

〇三九　十六字令·参观右玉县万亩森林公园

〇四〇　荒沙变绿洲

〇四〇　忆王孙·参观平遥国际摄影展

〇四一　　人物颂

〇四三　参观彭真生平展览有感

〇四三　纪念赵朴初大师诞辰百年

〇四四　〔仙吕·赏花时〕玄中-脉情

〇四五　虞美人·午门悲歌

〇四五　戚氏·绿化愚公（父篇）

〇四六　〔中吕·粉蝶儿〕绿化愚公（子篇）

〇四七　〔仙吕·醉中天〕曲之祖

〇四八　〔仙吕·太常引〕曲始篇

〇四八　踏莎行·谒元好问墓

〇四九　〔中吕·满庭芳〕关汉卿

〇四九　〔中吕·喜春来〕关汉卿

〇五〇　〔中吕·喜春来〕马致远

〇五〇　〔中吕·喜春来〕白朴

〇五一　〔中吕·喜春来〕郑光祖

〇五一 〔南吕·四块玉〕（四首）

〇五二 念奴娇·希望

〇五三 〔越调·斗鹌鹑〕一诺如山

〇五四 〔双调·拨不断〕抗震救灾小义工才仁丹舟

〇五四 〔南吕·一枝花〕香港义工黄福荣

〇五五 〔中吕·普天乐〕有感采风孟母故里

〇五五 古绝·孟母教子

〇五六 少年游·母爱

〇五六 顾维钧

〇五七　应时篇

〇五九 婆罗门引·胡连二次握手

〇五九 满江红·长征

〇六〇 沁园春·七一颂

〇六〇 水调歌头·嫦娥探月

〇六一 咏嫦娥一号上天

〇六一 〔中吕·朝天子〕抗灾曲

〇六一 清平乐·冰雪归人

〇六二 寄哀思

〇六二 最后的姿势

〇六二 感动这一幕

〇六三 千秋大爱

〇六三 坚强女民警

〇六四 一位空降兵的遗书

〇六四 让我再救一个

〇六五 十五勇士

〇六五　QQ婚礼

〇六六　〔中吕·喜春来〕奥运圣火之歌

〇六七　奥运圣火情思

〇六八　〔般涉调·耍孩儿〕沉思圣火传递

〇六九　〔南吕·瑶华令过感皇恩采茶歌〕台北陈江会

〇七〇　〔仙吕·村里迓鼓〕见证中美建交前的历史时刻

〇七一　〔正宫·端正好〕民族团结格桑花

〇七二　〔南吕·一枝花〕开胸验肺

〇七三　世博会一瞥

〇七三　汉俳·世博会（二首）

〇七四　一斛珠·有感利比亚撤侨

〇七四　喜迁莺·赞克里特岛华侨志愿者

〇七四　伟　业

〇七八　〔中吕·朝天子〕贺天宫一号升空

〇七九　杂　咏

〇八一　〔正宫·叨叨令〕护秋

〇八一　农场做豆腐感思

〇八二　〔正宫·甘草子〕锅碗瓢盆交响曲

〇八二　〔仙吕·金盏儿〕干校劳动

〇八三　六十感怀

〇八三　鹧鸪天·退休感言

〇八三　七十感怀

〇八四　踏莎行·闲趣

〇八四　菩萨蛮·夕聚

〇八四　〔仙吕·点绛唇〕某公梦忧

〇八六　〔南吕·一枝花〕熊猫怨

〇八七　偕老曲

〇八七　〔中吕·山坡羊〕蚕

〇八七　〔中吕·山坡羊〕养蜂人

〇八八　〔中吕·阳春曲〕寄无名氏

〇八八　草

〇八八　路边草

〇八八　观赏草

〇八九　藤

〇八九　苜蓿

〇八九　〔中吕·满庭芳〕采风徐沟二中

〇九〇　〔越调·天净沙〕梨园

〇九〇　咏红柳

〇九〇　胡杨赞

〇九一　吃小葱拌豆腐偶得

〇九一　汉俳二首·忆赵朴初先生首作汉俳

〇九二　汉俳·老有所思

〇九三　汉俳·港澳台情思

〇九三　临江仙·拜师学诗

〇九四　〔正宫·黑漆奴〕阿克毛贩毒感思

〇九四　〔中吕·满庭芳〕赠解贞玲女士

〇九四　卜算子·山西体育中心工地巡礼

〇九五　最高楼·香港中环行

〇九五　〔双调·驻马听〕赞澳门诗坛

〇九六　参观太原卫星发射中心

〇九六　忆王孙·登卫星发射塔

〇九六　〔般涉调·哨遍〕飞天

〇九七　江城子·老农学电脑

〇九八　一剪梅·网上家园

〇九八　有感太原有线网

〇九八　〔双调·水仙子〕网络诗词感赋

〇九九　〔南吕·一枝花〕黄金纽带

一〇〇　〔中吕·山坡羊〕（三首）

一〇〇　贺香港回归十周年

一〇一　次韵《壬辰开岁日四家漏夜联句》

一〇一　七律·壬辰开岁日四家漏夜联句

一〇二　〔越调·天净沙〕赏梨花

一〇二　渔歌子·参观驻原平八十三师感赋

一〇二　海上情思

一〇三　为外孙作画题诗（三首）

一〇四　七夕感赋（自度组曲）

一〇六　熊猫外交（自度曲）

一〇八　生命之歌（自度组曲）

一一〇　暮年感言

一一〇　晚　情

———　环球吟

亚洲

日本

一一三　汉俳·友城友谊赛

一一五　浪淘沙·悼聂耳

一一五　秋风清·谒聂耳墓

一一五　清平乐·札幌秀色

一一六　〔双调·风入松〕碗子荞麦面

一一六　〔越调·天净沙〕赏樱

一一六　汉俳·樱花

蒙古

一一七　菩萨蛮·蒙古行

一一八　亲　缘

一一八　调笑令·吃烩菜

一一八　忆江南·一笑泯前非

一一八　〔双调·阿纳忽〕华侨修鞋工

一一九　〔正宫·双鸳鸯〕蒙侨乡思

一一九　〔正宫·汉东山〕国际列车上见闻

新加坡

一一九　胡姬花赞

一二〇　浣溪沙·新加坡河

一二〇　天仙子·观鱼尾狮

黎巴嫩

一二〇　贝市路遇感思

一二一　古　绝

一二一　贝卡谷地游

一二一　蝶恋花·寻找《圣经》里的香柏树

一二二　一丛花·老西儿闯中东

一二二　〔中吕·醉高歌过喜春来〕山上棚庐餐厅

一二三　〔双调·新水令〕贝鲁特情趣

塞浦路斯

一二四　日光浴

一二四　虞美人·爱神之岛

一二四　〔越调·天净沙〕观尼科西亚市容

土耳其

一二五　跨海大桥

一二五　武陵春·博斯普鲁斯海峡

一二五　〔双调·驻马听〕巴扎室内集市

一二六　伊斯坦布尔

非洲

埃及

一二七　夜乘邮轮赴埃及

一二七　绮罗香·参观埃及博物馆

一二七　〔双调·折桂令〕埃及金字塔

一二八　〔中吕·喜春来〕尼罗河

毛里求斯

一二八　海滩观珊瑚

一二九　桂枝香·甜岛

一二九　〔越调·小桃红〕毛岛晋港合办制衣厂

一三○　〔中吕·满庭芳〕浮游印度洋上

马达加斯加

一三○　阿劳特拉湖畔

一三○　望海潮·马达加斯加

一三一　〔双调·驻马听〕阿劳特拉湖

澳洲

澳大利亚

一三一　随企业赴澳推销

一三二　减字木兰花·达尔文印象

一三二　〔仙吕·醉中天〕白蚁冢

一三三　〔越调·天净沙〕塔斯马尼亚岛

一三三　〔中吕·喜春来〕参观露天铁矿开采

一三三　〔中吕·喜春来〕有感出国促销

一三四　〔正宫·小梁州〕淘金梦

新西兰

一三五　风帆之都

一三五　白云之乡

一三五　卜算子·放牧

一三六　〔双调·骤雨打新荷〕新西兰景观

一三六　〔双调·大德歌〕奥克兰海滨小镇

欧洲

苏联

一三七　西伯利亚木屋

一三七　满江红·贝加尔湖怀古

一三八　〔正宫·塞鸿秋〕伊尔库茨克风光

俄罗斯

一三八　北国秋思

一三八　谒列宁墓感赋

一三九　采桑子·红场谒无名烈士墓

一四〇　〔小石调·天上谣〕红场退思

一四〇　〔越调·寨儿令〕阿芙乐尔号巡洋舰

一四〇　〔正宫·白鹤子〕站在欧亚分界线上

一四一　〔双调·水仙子〕水城圣彼得堡

乌克兰

一四一　长相思·参观巨型雕塑团结环

一四一　基　辅

一四一　〔双调·清江引〕乌克兰

芬兰

一四二　芬兰印记（三首）

一四二　巫山一段云·赫尔辛基奇观

一四三　〔双调·碧玉箫〕芬兰景观

一四三　〔仙吕·醉扶归〕芬兰季候

德国

一四三　柏林墙

一四四　杏花天·沉思

一四四　〔黄钟·者刺古〕勃兰登堡门

一四四　〔大石调·念奴娇〕瞻仰马克思恩格斯塑像

法国

一四五　参观卢浮宫中国馆感赋

一四五　柳梢青·埃菲尔铁塔

一四六　破阵子·巴黎圣母院

一四六　〔正宫·小梁州〕凯旋门追思

荷兰

一四七　拦海大坝

一四七　忆江南·荷兰

一四七　忆余杭·凡高神韵

一四八　画堂春·参观风车村

一四八　〔越调·天净沙〕阿姆斯特丹水乡

一四九　〔中吕·醉高歌〕风车抽水

比利时

一四九　凭吊滑铁卢古战场

一五〇　南歌子·观小尿童雕塑

一五〇　〔双调·折桂令〕比利时观看原子球博物馆

一五一　〔南吕·金字经〕拿破仑

卢森堡

一五一　宪法广场看峡谷

一五一　走街串巷

一五二　富强小国（四首）

一五二　〔越调·天净沙〕观光（二首）

希腊

一五三　摊破浣溪沙·巴特农神庙

一五四　鹧鸪天·古体育场

一五四　〔正宫·醉太平〕有感希腊神话（一）

一五四　〔双调·水仙子〕有感希腊神话（二）

一五五　〔双调·七兄弟〕有感希腊神话（三）

一五五　〔商调·梧叶儿〕有感希腊神话（四）

奥地利

一五五　音乐之邦

一五六　渔父·萨尔茨堡

一五六　相见欢·聆听水奏鸟鸣曲

一五六　〔黄钟·醉花阴〕维也纳

丹麦

一五七　安徒生

一五八　〔双调·胡十八〕过境哥本哈根

一五八　虞美人·美人鱼

美洲

美国

一五九　自由女神像

一五九　美国越战纪念碑

一五九　参观美宇航馆感赋

一六〇　应天长·首出国门

一六〇　〔黄钟·人圆月〕纽约之夜

一六〇　〔正宫·小梁州〕德克萨斯州寻友

苏里南

一六一　帕拉马里博之歌

一六一　侨社广义堂

一六二　满庭芳·苏里南

一六二　〔中吕·山坡羊〕苏里南印象

一六三　**附录**

一六三　从赵朴初的自度曲探讨散曲继承与创新的发展方向

一八三　我是如何喜欢上散曲的

一九二　读王文才先生散曲选（高履成）

一九七　**后记**

文才风流战友情

序

一、王文才，我的部队老战友。我们曾在一个部队——解放军建筑工程第一师服役。我在师政治部，王文才在一团干部处，驻地同在北京。师部驻东直门外，一团驻西直门外。从师部到团部乘坐公共汽车倒也十分方便。那时北京城人口不多，公交车也不拥挤。

1953 年，一团同北京市建筑一公司在西直门外修建苏联展览馆，我下部队就住在一团，采访、摄影、写稿，一住就是几个月，和一团政治处的王颖成了好朋友。通过王颖也认识了同在一团干部处的王文才。那时，我们都是二十上下的小青年，风华正茂，激情满怀，要为建设祖国奉献青春年华。

其实在这之前，我同文才就在这个部队一起参加过国防机场的修建。只是我们彼此不熟悉。后来看到他写的几首有关修建机场的诗，我才知道原来我们曾多次同在一个地方工作过。同文才在一团相识后，彼此便各奔西东，往来不多。

时移事易，三十年过去，弹指一挥间，想不到的是，我和文才的单位又成了近邻。1988 年，我从省委宣传部调到省文联，而文才早在 1973 年就调到了省政府外事办公室。省文联所在的文艺大厦和省外办所在的国际大厦，正好是两厦并列，如同双子星座。文才当了处长，掌握审批公派人员出国的大权。我到省外办办事，发现原来负责审批的正是我的老战友王文才。文才处理公务热情待人，按章办事，尽职守则，当然对于老战友更是热情相待，办事也就更顺当些。及至我们都退休后，我得知王文才和王颖都迷恋上旧体诗词创作，而且取得了一定成绩，也就有了他的这本诗集出版。这些都是写王文才诗序之前交代背景的话。

有成语日"文采风流"。我读文才诗稿，觉颇有诗味，称文才其人其诗"文采风流"似不为过。故以"文才风流战友情"为诗稿"序"之题，也算是我对文才诗稿的一点总体评价。

二、王文才的《烙印存稿》包括《乡思曲》《军旅情》《名胜游》《人物颂》《应时篇》《杂咏》及《环球吟》几个部分。从内容来看，大体上分抒情、叙事、感时、纪游几大类。从形式来看，有诗有词有曲，但曲多于诗和词。《乡思曲》多为童年记忆，写的是白浪河畔、潍坊风筝、山东大葱以及表达思念父母的孝心。

由于共同的经历，王文才的作品，我更喜欢的是他的《军旅情》。从1952年秋到1953年夏，文才随部队先后参加了四个机场的修建。其中，我参加过三个，即吉林通化的三源浦机场，辽宁宽甸机场，还有山西临汾机场。在东北修建的三源浦和宽甸机场完全是为抗美援朝战争服务的，遵照中央军委的命令，要在最短的时间内修好，让我们的战鹰腾飞迎敌，痛击美帝，夺取制空权。我在师部做摄影员，背着相机，到工地采访，把战士们战天斗地的英雄形象摄入镜头，把战士们的英雄业绩写成稿件。在宽甸机场，战士们冒着零下四十度的严寒，削山填谷，昼夜奋战。我同战士们一起度过那些令人难忘的日日夜夜。随着时间的流逝，尘封了我的青春记忆。是文才的诗把我带回到那个激情燃烧的岁月。

文才有诗《首战三源浦》：

> 一声军令北征驰，耳畔犹闻战马嘶。
> 鸭绿江边敌空袭，三源浦里我兴师。
> 草滩夯出土机库，汗水筑成天路基。
> 钢骨铁肩担日月，丹心碧血苦相知。

文才还有诗《再战宽甸》：

> 抗美援朝壮志酬，横刀策马卫神州。
> 冰封天地何曾惧，空战当头不胜忧。
> 铁棍钢锹填谷壑，霜眉雪帽湿戎裘。
> 我鹰展翅腾飞日，仰望蓝天热泪流。

文才还有一首曲《〔双调·水仙子〕四建机场》：

> 三源浦里晚霜浓，鸭绿江边三九冬，燕京南苑春雷动。挥师平水东，炎炎烈日花红。凯歌颂，战鼓

隆，鹰击长空。

文才把三源浦、宽甸、北京南苑和临汾四个国防机场的修建写在一首曲里，记载了我工程兵不畏艰险、不辱使命、顽强拼搏的战斗精神。我想，曾经转战这几个机场的建筑工程部队的战友们，如果能够看到文才的这些诗，他们也会从内心感激诗人的。我们部队的这段历史几近淹没，是王文才的诗为我们留下了这诗化的史料、珍贵的记忆。

三、《名胜游》和《人物颂》不是王文才诗的大宗，却有自己的特色，那就是描写本地风光，刻画本地人物，表现了一种浓郁的地域特色。王文才是山东潍坊人，但21岁时就随部队转业至太原，山西成了他的第二故乡。所以，在他的诗歌作品中往往流露出一种对太原、对山西深厚的情感。

文才曾遍游中国和世界。但是他的《名胜游》写的几乎都是太原和山西的风光。他写太原的汾河公园、蒙山大佛，写圣寿寺前的蟠龙松，写赤桥村的古义士。《抛球乐·豫让》写了赵襄子和豫让：

刺赵酬恩在晋阳，赤桥从此世流芳。死为知己人钦佩，莫管贬褒论短长。遗爱今犹在，壮士惟留侠骨香。

这首词把豫让的任侠尚义、赵襄子的宽容大度和晋阳的赤桥遗址融为一体，不失为一篇记叙晋阳名人盛事的可读之作。

文才写晋南风光，有鹳雀楼的雄伟，普救寺的风流，更有黄河铁牛的千古沧桑，充满三晋文化的深厚底蕴。

王文才在《人物颂》里咏唱革命前辈彭真、历史名人元好问、傅山，以及山西籍的元曲大家，包括关汉卿、白朴、郑光祖等。《〔中吕·喜春来〕关汉卿》四首之一、二是：

> 风流倜傥离骚面，浪迹勾栏书会圈，风尘烟月有
> 奇缘。声震天，惊世鸣屈《窦娥冤》。

> 天生一粒铜豌豆，宁折不弯藐视侯，有才难为国
> 分忧。芳会首，花酒度春秋。

一曲《喜春来》写出了关汉卿的困顿人生、性格特点及代表作品。可见诗人对这位戏剧大家及其作品是十分熟悉和喜爱的。对于关汉卿剧中的人物窦娥更是专门有作：

> 世道昏，官衙暗。万种凌逼铸奇冤，雪飞六月三
> 年旱。曲断魂，剧感天，珠泪涟。
>
> （《〔南吕·四块玉〕窦娥》）

这是对窦娥形象的艺术分析，也是对大悲剧《窦娥冤》主题的深刻揭示，抒发了诗人悲天悯人的情感。

　　文才在《人物颂》中还把关注的目光投向普通群众，为他们咏唱放歌。他写太原33年义务植树、绿化荒山的"当代愚公"袁克良，写以微薄的退休金先后资助了13个贫困学生的古稀老人沈兆骅，写养育残女16年的农民工孙修田，歌颂无私的奉献精神和人性的光辉善良。

　　四、王文才诗《应时篇》，作为感时咏事之作，多抒发对党和祖国的热爱，对国事的关心。纪念建党八十五周年，诗人作《沁园春·七一颂》；纪念建党九十周年，更作长诗《伟业》，赞颂党九十年所走过的光辉历程。诗人有诗咏"嫦娥一号"奔月，贺"天宫一号"升天，赞奥运圣火点燃，无不是对祖国富强、民族复兴的讴歌。此外，如中美建交、两岸交往等，都是诗人以诗歌的形式表达了对国家大事的关注。

　　王文才从1973年至1995年在省政府外事办公室工作了22年，由于工作的关系，使他能够遍访世界五大洲，也就留下了不少诗篇，编入《环球吟》中。文才以诗的形式表现各国的风土人情、异域风光和历史文化，使读者随着诗人的脚步领略世界各地的奇异景象。其中，我感兴趣的有出访日本埼玉县谒聂耳墓时写的《浪淘沙·悼聂耳》：

　　　　鼙鼓似雷鸣，号角催征，高歌一曲壮军行。唤起同胞齐抗战，乐发心声。

　　　　时代总关情，石破天惊，不朽旋律世扬名。血肉长城今筑就，告慰英灵。

一首词回眸了昨日，展现了今天，赞颂了音乐家的"不朽旋律"，彰显了"高歌一曲"的光辉，可谓蕴藉深厚。

文才出访丹麦，瞻仰安徒生，词咏"美人鱼"，别有情趣：

> 海天端坐神娴静，鱼尾人形影。蹙眉忧郁为谁哀，翘盼心中王子远归来。
>
> 世间多少痴儿女，敢问情何物？人鱼大雁觅知音，常忆安元中外两同心。

作者所说的"安元"指的是安徒生的《海的女儿》和元好问《摸鱼儿》中的诗句："恨人间，情是何物，直教生死相许。"在中外文化的交融中讴歌人类美好的感情。

文才出访德国时，有词《杏花天·犹太人墓前沉思》：

> 高低起伏英灵萃，正对着、威严议会。仿佛谏诤倾言说，记住当年纳粹。
>
> 知罪者、代过下跪；掩罪者、神坛祭鬼。同为战败东西国，真伪人心向背。

对于"代过下跪"和"神坛祭鬼"这两种截然不同的对待战争罪行的态度，诗人充满了强烈的愤怒不平之气。

从这几首出访诗中，我们看到的是文才高度的政治意识、强烈的感情色彩和深厚的知识学养，这对于做一个成功的诗人都是不可少的。

五、王文才从 20 世纪 40 年代末就喜欢上了诗歌。50 年代和 60 年代崇拜毛泽东诗词和赵朴初的散曲。80 年代创作热情逐步高涨。1995 年退休之后进入创作的高潮期。他曾拜师学诗，也经常同诗友切磋砥砺，诗艺日进，诗律日工，诗作日丰，从而成就了今日的诗人王文才。文才有《七十感怀》：

> 韶光苦短惜年华，已近黄昏万缕霞。
>
> 剩有闲情歌盛世，诗坛结友笔生花。

真是"莫道桑榆晚，为霞尚满天"。

文才的一首《踏莎行·闲趣》更是说尽一位醉心诗歌者的追求和甘苦：

> 向往苏辛，神交李杜，悠悠自得敲诗句。退休难得有闲吟，夕阳点缀千山暮。
>
> 岁岁年年，风风雨雨，平平仄仄人生路。有平无仄不成诗，抑扬顿挫音谐趣。

《闲趣》一首确是文才心得之作，读之有味，让人喜爱。

王文才诗歌创作在艺术上最大的特点是诗歌形式上喜欢旧体诗词，特别是钟情于散曲。1959 年，毛主席在一封信中引用的明人散曲《叨叨令》，1965 年 2 月 1 日，《人民日报》发表的赵朴初先生的自度曲《某公三哭》，对文才产生了极大的影响。他特别喜欢这种既可写景叙事，也可以表现重大题材，在形式上具有更大灵活性和自由度的诗体。他说："我在创作中，对诗、词、曲都有所好，但尤爱散曲。我之所以喜欢散曲，是欣赏散曲语言的本色当行，喜欢它的语言的酣畅美，尤其喜欢它那种能容纳嬉笑怒骂、痛快淋漓、泼辣尖锐、俏皮风趣的语言风格。它的语言比较接近人民大众。"所以，在文才的创作中，尽管诗词曲都有，但他用的更多的是散曲这一独特的体裁。

王文才不仅喜欢用散曲这一诗体进行创作，还写了《从赵朴初的自度曲探讨散曲继承与创新的发展方向》的长篇论文，写了《我是如何喜欢上散曲的》创作谈，从理论和实践的结合上对散曲创作进行思考和研究。

由于王文才喜欢散曲，所以他的诗歌语言质朴，不事雕琢，读之若口语，似民谣，令人喜爱。如《白浪河沙滩看飞鸢》："和风绿染白浪河，纸鹞翔天比鸟多。五色飘飘风摆动，几只娇燕羡飞过。"百善孝为先，怀亲之作往往更为动人："……春晖不报惭为人，寸草空留掩啼痕。伤痕，真言奉劝君，孝行莫待余晖尽。"（《〔中吕·十二月过尧民歌〕伤痕》）1952年，部队推广祁建华的"速成识字法"，开展扫盲运动，"千年铁树开了花，老粗翻身学文化"，有老兵会写家信，热泪盈眶。文才感其事，有诗："仓颉再世众人夸，俺栓娃，乐开花，而立之年，学会认'爹''妈'……"（《江城子·老兵家书》)。这种接近口语的诗歌，同样是诗人语言质朴自然、本色当行的体现。

我平生不爱为他人写"序"，因为写"序"多有"指点"作品、"导引"读者之嫌，自知才疏学浅，难以担当如此重任。同时为人作"序"也需认真研读作品，了解作者，不愿虚与委蛇，作应景文章，所以写起来也觉费时费力，不是十分轻松的事。所以，我一般不愿写序跋之文。对于文才诗稿，出于战友情深，姑妄成文，倒觉是"评"，难以称"序"。但遵惯例，文末也得写上一句：是为序。

2012 年 5 月 4 日

（韩玉峰，原山西省文联党组副书记、常务副主席，著名文艺评论家）

诗词曲汉俳四首

(代自序)

黄河铁牛

　　著名的蒲津桥和唐开元黄河镇河大铁牛，于 1998 年 8 月在山西永济市蒲津渡遗址发掘出土。参观后为之震撼，爰赋诗颂之。

> 滔滔巨浪过蒲州，连接西秦赖铁牛。
>
> 津渡已随河道改，锚军固守不随流。
>
> 土湮难改犟脾气，水浸无伤硬骨头。
>
> 沉睡百年重见日，平台再现古桥舟。

鹧鸪天·退休感言

　　官似芝麻有实权，云游宦海复年年。非因不会操权术，未忘拳头举过肩。

　　昂首望，有青天，胸怀坦荡任评言。洁来净去无牵挂，莫管他人着意看。

行长安道，吟清平调。此生转瞬夕阳照。雨潇潇，路迢迢。悠悠往事萦怀抱。尘世没白走一遭。时，催耋老；人，心未了。

2011 年 10 月

汉俳·老有所为

老树也著花，
  电脑诗书乐有加。
  文思发新葩。

乡思曲

XIANGSIQU

竹枝·忆乡

人生最忆少儿时，游子思乡写竹枝。
蘸尽白浪河里水，赋吟都是断肠词。

1996 年 6 月

竹枝·山东大葱

形如利剑向天行，千顷碧波垄上生。
腰杆圆圆直挺立，一身清白自分明。

1996 年 6 月

竹枝·朝天锅

大饼两张怀里揣，铁锅八印向天开。
赶集父老围拢坐，下水猪头带汤来。

1996 年 6 月

竹枝·铁匠市

一块砧板三把锤，三千炉匠亮鲁潍。
百盘炉火东城外，赤焰波光映河陂。

1996 年 6 月

竹枝·念月

耐得银盘升起时，大街小巷众声齐。

孩童端坐家门口，念月朗朗各有词。

注："月"，是中秋节的祭月食品。形如月，大的径尺，小的不足盈握。制作方法是，三层发面圆饼中间排满两层煮熟的红枣，然后将另一块较薄的圆饼做成花边"云肩"，贴于其上。"云肩"上面再镂刻、镶嵌上花鸟虫兽等立体造型。八月十五晚上，每个念月的孩子面前摆一个"月"，上面盖一片蓖麻叶，再插上一炷香，即可开始念了。

1996 年 6 月

竹枝·郑板桥在潍县

（一）

七载暑潍两袖寒，有钱无理买通难。

独行特立遭嫉恨，归里扬州不为官。

（二）

性情狂怪画书奇，抑富济贫心却慈。

难得糊涂是清醒，吃亏祸福两由之。

（三）

乌纱掷掉别潍州，绅士庶民遮道留。

瘦竹清风身远去，堂前祭祀忆君帱。

（四）

东莱首邑羊毫挥，得意丹书三绝碑。

才思飞扬堪佼佼，唯其自许笑微微。

（五）

竹枝遍插小苏州，破土春笋长不休。

天旱地荒清竹泪，真情化雨解民忧。

注："小苏州"，引自郑板桥诗"潍州原是小苏州"。

2011 年 1 月

〔越调·天净沙〕思乡居

纺车机杼辘轳，铁工铜匠红炉。年画风筝绣女。小楼深巷，断魂人思乡居。

1996 年 6 月

长相思·白浪河

（一）

白浪河，白浪河。横隔龟蛇柔似罗。燕飞掠影过。

泛碧波，泛碧波。生意沙滩热闹多。吆喝一曲歌。

（二）

水清奇，水清奇。只见流沙不见泥。游鱼可数知。

昼乡思，夜乡思。戏水梦中似旧时。兴叹岁月驰。

（三）

沂蒙山，莱州湾。南北横流似白绢。胜于江海蓝。

水甜甜，思绵绵。最忆故乡三月天。踏青放纸鸢。

潍县大集

注："龟蛇"，指老潍县东西两城，西城中间高周边低，故称龟城；东城南北长东西窄，故称蛇城。

1996 年 6 月

保安桥

保安桥在潍县白浪河上六座桥中是一座不起眼的矮桥，但它是唯一一座全部用青石墩、青石板砌成的多孔古桥。孔内高不足 1 米，位于奎文门外。桥南桥北，落差较大，水流穿过，清波跌落，形若飞瀑，恰如一道有声有色的风景线。儿时常在此戏水，至今记忆犹新。

石桥漱玉图

水流相激响琮峥，

聆听潺湲悦耳声。

跌落清波形若瀑，

石桥漱玉故园情。

1996 年 6 月

满庭芳·十笏园

北国风光，南方格调，一方家宅庭园。布局精巧，苏秀亮其间。万景浓缩一叶，袖珍版、潍县江南。盈盈处，竞骚雅士，翰墨韵成篇。

悠然。当此际，重回故地，怀想童年。忆往昔游历，胜景熟谙。亭阁楼台依旧，悲白发、已改朱颜。常东望，乡愁不断，游子暗思迁。

2011 年 2 月

少年游·父亲的筢笼

父亲身影梦中留，卖饼扛筢笼。商家大户，庶民小店，折子账赊售。

大街小巷今无迹，往事思悠悠。放学归来，筢笼不见，风雨立街头。

2011 年 2 月

寸草心

双亲病榻未躬临，游子空怀寸草心。

索句天涯咽愁绝，床前一日胜千金。

2000年4月

〔中吕·十二月过尧民歌〕
伤痕

漂泊者思归痛隐，倚门人望眼晨昏。有根线绵长曼韧，有颗心故里牵魂。谁能化解这乡愁苦闷，何时报养育之恩。〔过〕椿萱病榻未躬亲，愧悔迟归泪销魂。春晖不报惭为人，寸草空留掩啼痕。伤痕。真言奉劝君，孝行莫待余晖尽。

2000年4月

醉花阴·纪念潍县
解放六十周年

六十年前风雨骤，奇袭黄昏后。利剑指龟蛇，战术攻坚，不惧城郭厚。

家乡解放萱添寿①，双举黎明酒。铁血转乾坤，今换人间，礼炮鸣为奏。

注①："萱添寿"：潍县解放那天是 4 月 27 日（农历三月十九日），恰逢母亲生日。

2008 年 4 月

好事近·忆解放潍县

为纪念潍县解放 60 周年而作。

阵地战攻坚，五万敌军折挫。端掉"鲁中堡垒"，擂鼓相祝贺。

华东战地风雷激，剑指双城破。活捉了陈金黻①，击毙张天佐②。

注①：陈金黻，即国民党第 96 军中将军长兼整编第 45 师师长陈金城，又名陈金黻。
注②：张天佐，国民党山东第八区专员兼第八区保安司令。

2008 年 4 月

一丛花·忆潍县乐道院①

牧师布道韶光留，淑景亮潍州。青砖红瓦尖圆顶，绿荫中、掩映洋楼。院落重重，幽雅僻静，汩汩涌泉流。

传教圣地本无忧，转瞬锁千囚。拆墙砍树修碉堡，集中营、苦难临头。迁怒无辜，侨民问罪，乐道被蒙羞。

注①："乐道院"，1882 年由美国基督教长老会派牧师狄乐播偕夫人来潍县传教所建，由教堂、学校、医院三部分组成，百姓称作"洋楼"。1941 年底被日军强霸，成了"敌国人员生活所"。关押大多来自欧美的在华侨民，最多时达 2000 多人（其中包括 327 名儿童）。一度成为中国境内最大的集中营。

2010 年 12 月

黑暗中的明灯

为潍县集中营解放六十周年而作。

此为 1945 年美机营救集中营外侨的照片

冠军落难作传奇，从容面对法西斯。
囚徒不忘从师道，志士唯思雪耻时。
争取自由强忍辱，坚持信仰苦争驰。
三年昏暗幽蔽日，一盏明灯晨照曦。

注：1941 年，侵华日军将西方盟国在华外侨全部抓起来，其中关押在潍县乐道院的有 2000 余人（其中 400 余人后转押当时的北平）长达 3 年半之久。其中包括许多著名人士，如 400 米世界奥运冠军埃里克·利迪尔，1981 年至 1985 年曾任美驻华大使的恒安石等。

2005 年 8 月

东关大街

小城闹市大街行，四海隆通十八经。

官道往来达青济，云集商贾甲蛇城。

1948 年东
关大街照

注："十八经"，即流传于世的文明
经商"十八则"。

1996 年 6 月

〔双调·殿前欢〕
潍坊国际风筝节

岁岁清明，莱州湾畔聚宾朋。晴空万里飞鸢竞。线牵
五洲情，飞扬四海名。中外双雄并。且看万人平地上，千
鹞碧空升。

1984 年 4 月

〔中吕·上小楼〕 放鸢

与老鹰竞飞，同彩云比美。背负苍天，俯瞰田畦，远
视山低。得意时，便陶醉，自吹自擂。却忘记身由他人绳系。

1984 年 4 月

春光好·带哨风筝

风和煦，柳垂梢。杏花娇。结伴清明放鸢邀，竞飞高。悉听长鸣天上，依稀犹似吹箫。空碧声驰心致远，任翔翔。

2011 年 4 月

白浪河沙滩看飞鸢

和风绿染白浪河，纸鹞翔天比鸟多。

五色飘飘风摆动，几只娇燕羡飞过。

2011 年 2 月

双星引·龙头蜈蚣风筝

据报道，2010 年 10 月，首届中国非物质文化遗产博览会上，潍坊市的龙头蜈蚣风筝获得金奖。又据报道，2011 年 4 月 19 日，第 28 届潍坊国际风筝会，放飞了一只 600 多米长的龙头蜈蚣。有感而发。

龙头带蜈蚣。借长风扶起，直上苍穹，一字划晴空。几人牵弄，百丈飞鸿。

天上独称雄。放飞多有梦，祥瑞寓鸢中。民族图腾寄语，待明日，又春红。

2011 年 2 月

军旅情

JUNLVQING

江城子·军干校第一课

1951年7月，到军干校的第一件事就是割草，然后晒干作炕褥。欣作此词，以志怀念。

熔炉铸炼首开篇，手挥镰，战荒滩。晚归场上，满眼绿堆山。翻晾晒干充炕褥，心似火，草如棉。

1995年夏

夜 练

夜练抓俘虏，出击胜遁藏。
被擒侠行女，昂首学丹娘。
首战疏军纪，黍糜遭祸殃。
校风立三八，礼赔应承当。

1995年夏

浪淘沙·练字

纸上练兵场，以笔为枪，工工整整字戎行。点折竖横钩撇捺，布阵成方。

桃李自芬芳，机训同窗，每天爬格楷书忙。曾出状元神笔手，范体高扬。

1995年夏

〔仙吕·一半儿〕 沪鲁话调侃

沪鲁两地处东南，北调南腔口素缄，爱吃豆腐成笑谈。自我称呼味芳甘，一半儿"阿拉"，一半儿"俺"。

2005 年秋

稿村情

1991 年 9 月 8 日，原华北军区司令部机要训练大队（第六期）学员和老首长聚会北京，纪念四十周年校庆，欣然命笔感赋。

（一）

手执吴钩正少年，至今难忘启蒙篇。

稿村情谊今犹在，笑谈童颜不再还。

（二）

人间食粟五旬多，世态炎凉问是何？

军校并非尘世外，纯真二字耐琢磨。

（三）

故人兴会在京华，又唱当年"大地瓜"。

此去重逢何处是，大明湖里赏荷花。

（四）

老兵老将立成行，恰似当年演兵场。

队长正声呼口令，鬓霜犹发少年狂。

注："稿村"，今北京通县大稿村和小稿村，原机训队所在地。

1991 年 9 月

军干校师生在原校址前留影

江城子·老兵家书

　　1951 年，西南军区文化教员祁建华发明了速成识字法，1952 年 4 月 29 日，《人民日报》发表社论，号召各地普遍推行。是年夏，我部开展扫盲运动。有老兵会写家信，热泪盈眶。翻阅当年日记，有"千年铁树开了花，老粗翻身学文化"句。遂讴成此词。

　　仓颉再世众人夸，俺栓娃，乐开花。而立之年，学会认"爹""妈"。激奋儿心拿起笔，忙写信，到寒家。

　　头回寄语该说啥？不言瓜，不言麻，只问双亲，身体健康吧！部队如今教识字，开慧眼，望天涯。

1995 年秋

首战三源浦（外一首）

1952 年 9 月，我部奉命急赴吉林省通化市三源浦抢建机场。这是自军干校毕业后首次出征。三千人马日夜苦战，抢建两月如期完工。

一声军令北征驰，耳畔犹闻战马嘶。

鸭绿江边敌空袭，三源浦里我兴师。

草滩夯出土机库，汗水筑成天路基。

钢骨铁肩担日月，丹心碧血苦相知。

独 思

银鹰跑道展雄姿，正是男儿报国时。

昂首凝思张积慧，长空怒斩戴维斯。

1995 年夏

战士们用草袋背泥土　韩玉峰　摄

休息时间听留声机　韩玉峰　摄

再战宽甸①

1952年冬，部队奉命急赴鸭绿江边抢建机场，冒零下三四十度严寒，仅靠锹、镐、锤、棍，削山填谷，昼夜施工，两个月完成土方工程，铺上钢板，战鹰立马起飞迎敌。苦乐尽在其中。爰赋此诗，以志铭心。

抗美援朝壮志酬，横刀策马卫神州。

冰封大地何曾惧，空战当头不胜忧。

铁棍钢锹填谷壑，霜眉雪帽湿戎裘。

我鹰展翅腾飞日，仰望蓝天热泪流。

注①：宽甸：今辽宁省丹东市宽甸满族自治县，地处鸭绿江畔。

1995 年夏

战士们用木棍撬冻土　　韩玉峰　摄

背钢板铺设机场跑道　　韩玉峰　摄

难忘抢建机场

1952 年秋至 1953 年夏，在朝鲜战争停战前一年的时间里，我部队日夜兼程，连续作战，抢建和抢修了四座机场，为国防建设做出了重要贡献。难忘峥嵘岁月，遂漫成此曲。

三源浦里晚霜浓，鸭绿江边三九冬，燕京南苑春雷动。挥师平水东①，炎炎烈日花红。凯歌颂，战鼓隆，鹰击长空。

注①："平水"：古临汾曾设平水县，这里泛指临汾市。

1995 年夏

〔双调·雁儿落过得胜令〕忆当年屯营山坳

且不说当年鸭绿江边卫领空，也不说苦战冰天横。今只说驻军山坳里，村村户户屯兵众。〔过〕最为难让俺遇上地主是房东，一盘炕上睡觉顾虑几重重。更为难老妪西归去，无奈守灵心不恭。忡忡，困窘谁人共？相逢，戏谈一笑中。

1995 年夏

渔歌子·夜下连队

连队归来踏雪行，山间孤影寂无声。风刺骨，月空明。一声呐喊压心惊。

1995 年春

踏莎行·桑干河畔

1955 年初由大同赴应县外调印记。

塞外高原，秦长城内。日行百里盘山累。只身迟暮进烟村，农家热炕和衣睡。

古堡犹存，戍楼空卫。佛宫寺塔中华最。曾吟古昔《渡桑干》，今朝背涉冰凌水。

1995 年春

乘坐窄轨火车

1953 年暮春，孤身执行军务由京到山西临汾，行至娘子关换乘尚未来得及改轨的窄轨火车，也算趣事，故赋吟留存。

说来铁路亦稀奇，窄轨独留闫老西。
正太同蒲不相接，今人见怪古人讥。

1995 年春

浪淘沙·建设苏联展览馆①

望见那颗星，思绪难平。中苏友谊结金晶。光照我们新一代，热血沸腾。

为了那颗星，日夜拼争。军民共建誉京城。全国支援齐奋力，怎忘激情。

注①：苏联展览馆，由苏联设计并派专家指导，由我建筑工程一师一团官兵与北京建筑工人共同施工，于1953年10月开工，次年9月竣工。1958年改名为北京展览馆。

1995年5月

〔中吕·喜春来过普天乐〕
离京整训时

等不得竣工剪彩欢歌庆，也不待建国周年锣鼓鸣。一声令下到平城①。政训仨月整，两种思想搞分明。〔过〕数九天，冰雪横。千人大会，聆听兴无灭资义正严声。寒袭旷野中，风吹戎装冷。跺脚分神挠心听。有谁知缘何如此冰清？至今悟醒，警惕糖衣炮弹，竟为解甲归程。

注①：平城：今大同市。

1995年5月

浣溪沙·军转时

四载从戎不算长，峥嵘岁月太匆忙，熔炉锻造始成钢。
正是含苞珠蓓蕾，落花时节好神伤，摘心脱下绿军装。

军旅日记感赋

日记忆征程，昔匆戎马行。
笔锋胸臆展，烙印见峥嵘。

诉衷情·从军行

请缨报国少年时，军校立根基。当兵未到前线，梦断早回师。

挥汗处，战鹰飞，苦谁知。至今遗憾，没放一枪，解甲山西。

军旅情

戎马生涯别样情，雄威儒雅笑平生。
丹心碧血三千里，一路诗歌壮我行。

1995 年夏

参军六十周年抒怀

甲子春秋觅迹踪，一生最忆少从戎。

熔炉铸炼琢成器，大浪淘沙励志鸿。

回首征程昭日月，投身军校自豪雄。

至今常有金戈梦，澹泊情怀一老翁。

朝中措·转业追思

壮心未已踏归程，思绪实难平。遵令全师复转，个人怎发心声？

抚今追昔，出征解甲，两样心情。往事枕衾梦绕，至今常念军营。

1995 年 5 月

名胜游

MINGSHENGYOU

〔中吕·朝天子〕汾水新韵

汾河横穿太原市区。10 年前这里清水不见，污水横流，垃圾充斥河滩。经过两期工程治理，现已改造成人工复式河槽，东渠宽 220 米，由四道橡皮坝分为三级蓄水湖面；西渠 80 米，为泄洪和灌溉浑水道。两边是绿化带和排污暗涵。一座以"人、城市、生态、文化"为主题的特色滨水公园扮靓市区。曾荣获联合国人居署"2002 年迪拜国际改善人居环境最佳范例奖"和建设部"中国人居环境最佳范例奖"。

酒香，醋香，缘自清汾酿。如今汾水巧梳妆，织绿长湖傍。十里澄波，锦添滩上，园中晋韵藏。太行，吕梁，对赏人居亮。

2005 年 10 月

登高望石林

身临此地顿觉奇，大小石头醉眼痴。
极目望峰亭上立，人间万景画中诗。

2007 年 5 月

菩萨蛮·石林

天然雕塑真如画，石头都像阿诗玛。想象七分神，三分形态真。

海枯石未烂，蚀浸成锋剑。峭壁似迷宫，幽兰深谷通。

2007 年 5 月

忆江南·蒙山大佛

蒙山好，天地一摩崖。昨见阑珊何止叹，今观修缮蹙眉开，何日复归来。

2007 年 5 月

忆江南·连理塔

灵骨塔，昂首向东坡。寂静涅槃功德满，菩提般若始成佛，彼国念南无。

2007 年 5 月

鹳雀楼

（一）

斯人独步诗千古，鹳雀飞离八百秋。
重建慕名来远客，相携索句上层楼。

（二）

少小吟诗知鹳雀，如今白发喜登楼。

黄河依旧东流去，愧我无才翰墨讴。

（三）

举步登新阁，回音鹳雀声。

凭栏吟绝句，狂发夕阳情。

2008 年 6 月

黄河铁牛

　　著名的唐开元黄河镇河大铁牛，于 1998 年 8 月在山西永济市蒲津渡遗址发掘出土，这是我国历史上"破天荒"的创世之作，观后为之震撼。爰赋诗颂之。

滔滔巨浪过蒲州，连接西秦赖铁牛。

津渡已随河道改，锚军固守不随流。

土湮难改犟脾气，水浸无伤硬骨头。

沉睡百年重见日，平台再现古桥舟。

2008 年 6 月

鹧鸪天·普救寺

闲向蒲东胜迹行，佛门净地爱偏生。风流百世梨花院，杂剧传奇独树旌。

千古韵，寺扬名。人非草木岂无情。若能采得西厢月，天下菩提眷属成①。

注①：此句化用赵朴初先生"普愿天下有情，都成菩提眷属"楹联。

2008 年 6 月

圣寿寺前蟠龙松

千峰叠嶂遍青松，唯此灵株貌不同。
盘绕弯曲枝杈盛，水平生长叶葱茏。
蟠虬奋鬣飞罗盖，鳞甲蔓延蔽日篷。
不见廿年身更阔，美髯三丈又还童。

注：蟠龙松，位于太原市天龙山圣寿寺前，因两主干东西水平生长，形似卧龙而得名。据寺内石碑记载此树栽植于北齐年间。近几十年受益于寺内僧人精心护理加工，使古木返老还童，占地面积不断扩大，现为 260 平方米。

2008 年 9 月

八声甘州·有感晋源采风

赞晋源文化展风流，盛世起雄篇。采卧龙灵气，唐风厚蕴，人脉高轩。椽笔涵今烁古，楚楚俏吟坛。开发软实力，自是无前。

聚得骚才墨客，纵情抒感慨，索句兴叹。景因诗壮色，诗寓景名传。眺汾水、波涛有韵，望群山、绝唱数千年。登高处、仰天醉哦，晋阳之源。

2008 年 9 月

南乡子·大佛再现

石佛坐蒙山，弘显灵光八百年。神秘失踪无觅处，茫然。晓月朗朗独自叹。

寻迹见阑珊，大肚圆圆似坐禅。惊喜老翁①忙跪拜，奇缘。身首还原现世间。

注①："老翁"，即原太原南郊文化馆的王剑霓先生，他查阅资料，寻探几十年，终于在1980年发现了大佛的身迹。

2008 年 9 月

武陵春·开化寺

佛眼微睁山下望，前寺复归来。又见当年叩拜台。香火似云霾。

并立北南连理塔，依旧对摩崖。尘世沧桑催面衰。何日蹙眉开？

2008 年 9 月

抛球乐·豫让

刺赵酬恩在晋阳，赤桥从此世流芳。死为知己人钦敬，莫管贬褒论短长。遗爱今犹在，壮士惟留侠骨香。

2008 年 9 月

玉楼春·赤桥村

晋阳腹地怀珍宝，名士名桥名驿道。古槐古院古家风，胜迹春秋留旧貌。

浮岚虎岫风光好，特色村庄中外俏。品牌文化正兴时，何日拂尘迎客到。

2008 年 9 月

〔南吕·一枝花〕天龙山

叠岭环翠烟，寺窟悬崖立。古松盘寺前，鸣涧瀑流溪。远眺南山，柳子插旗地，鼎峰独峙脊。避暑宫、齐主遗踪，漫山阁、佛尊旖旎。

〔梁州〕蜿蜒十几里、风光秀美，连绵五百尊、遗宝珍瑰。石窟艺术堪称龙脉之精髓。缘岩凿洞，依壁雕捶。悬崖栈道，造势雄伟。十一面观音像、姿态肖巍，雕塑技、中古之魁。相比三大石窟论特色、各有千秋，论规模小中见奇，论历史地位、独占芳席。今昔见知，方显出一个独特的天龙模式，香火唱梵偈。胜景人文壮晋源，思古忆高齐。

〔尾声〕山林水洞皆娇美，宫殿佛窟无不奇。景观淑，人文萃。千秋韵，万景诗，引多少今古名流赋吟醉。龙兴晋基，灵气世稀，万代流芳乐足矣。

2008 年 9 月

〔越调·小桃红〕云簇湖

群流潴聚在高原，潋滟波如靛。港汊回环浪花溅。水天连，飞舟识得芳容面。山中有湖，湖中有岛，游棹海金悬①。

注①："海金"：云簇湖位于海金山麓。

〔中吕·普天乐〕谷恋古韵

古韵存，今人醉。"抱霞"二字，那是明代的谷恋村碑。院落布局形似龟，阴阳八卦占方位。四面统楼牌楼立，巽门开、财不竭兮。高家小院，乔家大院，风格难比高低。

〔双调·水仙子〕戏剧之乡

闻名远近戏之乡，祁太秧歌中路梆。大人孩子都能唱，一代宗师司鼓王。《绣花灯》荣登大雅之堂。人灵秀，谷恋昌，今古名扬。

〔仙吕·游四门〕福祥寺

土墙危寺幸长存，壁画世稀珍。乡民多福吉祥运。古寺镇山村，古韵吊诗魂。

2009 年 5 月

忆王孙·岩良村

旅游开发有资源，傍水依山果木园。迎客家家会赚钱。一招鲜，好个岩良在眼前。

2009 年 5 月

鸣沙山月牙泉

茫茫大漠出奇观，一片澄泓绿荫沿。
万古长留沙海脊，千年不竭月牙泉。
鸣沙山亘蟾潭影，碧水湖涟陇塞烟。
戈壁何来如画景？敦煌福地隐灵仙。

2009 年 6 月

过火焰山戏作

托日秃峰赤焰高，未临夏至热难消。
喜逢一阵清凉雨，戏说猴王借扇摇。

2009 年 6 月

如梦令·参观
敦煌藏经洞偶感

民族伤心历史，道士千夫所指。试问那年头，洋祸一
人能抵？谁罪？谁罪？当是暮朝昏睡。

2009 年 6 月

〔双调·水仙子〕莫高窟

乐僔凿洞借佛光，道士凿门招鬼伥，列强入室斯文
丧。世人的目光，阅尽这荣辱沧桑。一部伤心史，百年显
学香。魅力敦煌。

2009 年 6 月

〔双调·雁儿落过得胜令〕
藏经洞追梦飞

偶然打开千年国宝门，愚昧铸成今古民族恨。幸有学术精英追梦飞，觉醒争先奋。〔过〕悲愤莫沉沦，齐心探寻数万卷经文。世纪漫长路，"西天"取经衷尽悃。还真，学子英才俊。归魂，敦煌晓日曒。

2009 年 6 月

庆春宫·骆驼峰上
观喀纳斯湖

仰望群峰，皑皑白雪，释冰泻瀑湖源。俯视清流，一轮弯月，镶嵌峡谷林园。串珠三百①，顺山势、澄明蜿蜒。媚姿浮幻，丽质天成，长练高悬。

成吉思汗当年，狂称王水，蹄迹其间。耶律楚材②，远征西域，赋吟留有遗篇。图瓦人聚，酿奶酒、相传有缘。至今遗憾，李杜苏辛，未莅游仙。

注①："串珠三百"：喀纳斯景区内有大小湖泊 300 多个，如珠成串。
注②："耶律楚材"是成吉思汗军师。工汉诗，清人顾嗣立在《元诗选》中称其为"一代词臣"。西征时过喀纳斯留有诗篇："谁知西域逢佳景，始信东君不世情。圆沼方池三百所，澄澄春水一池平"。

2009 年 6 月

抛球乐·喀纳斯湖畔图瓦人

相聚高山绿荫村，群羊牛马踏青云。楚儿声起桦林静①，世外桃源漠北春。西域边陲地，木屋炊烟图瓦人。

注①："楚儿"，是用喀纳斯湖畔蒲苇的主茎所做的草笛，类似竹箫。能吹奏美妙的歌曲。

2009 年 8 月

〔双调·驻马听〕 新疆行

碧水骄奢，四颗明珠姿色绝①。高山映雪，三条龙脉镇疆嗟②。丝绸古道昨惜别，故都遗迹游人热。心醉也，牧笛吹处闻新阕。

注①："四颗明珠"：指天池、喀纳斯湖、博斯腾湖、赛里木湖。
注②："三条龙脉"：指天山、阿尔泰山、昆仑—喀喇昆仑山。

2009 年 6 月

〔越调·天净沙〕 天山天池

雪峰飞瀑烟霞，镜湖环翠繁花，芳草牛羊骏马。如诗如画。牧歌唱彻天涯。

2009 年 6 月

〔黄钟·昼夜乐〕 塞上绿洲

　　山西右玉县地处晋蒙交界的古道"西口"。昔日风沙漫天，荒丘遍地。61年来，18届县领导班子带领全县人民治沙种树，使全县森林覆盖率由1949年的0.3%提高到51%。2006年被国家环保局评定为"国家级生态示范区"。2010年联合国授予"最佳宜居生态县"称号。历任领导班子群体荣获"2010年十大经济人物营造秀美山河特别奖"。

　　盛世之秋塞上游。悠悠，悠悠地登上城楼。今望杀虎口，南山万亩林园秀，北圪梁草盖沙丘，河边树影稠。绿醉方休，绿醉方休，这景色没看够。

　　〔幺篇〕绿洲。右玉精神涵义厚。民讴，长留，长留让后代无忧。人常换绿波依旧，领班任劳甘做牛，群英碑永立心头。功载千秋，功载千秋，接力赛朝前走。

2007年5月

十六字令·参观右玉县
万亩森林公园

（一）

游，昔日荒沙变绿洲，新生态，功盖逾千秋。

（二）

园，塞上明珠万绿坛，人无影，却听闹声喧。

（三）

碑，五十余年功德威，英雄榜，魔缚放春归。

（四）

锹，为绿削身劳苦高，功成后，它仍静悄悄。

2010 年 10 月

荒沙变绿洲

一城春色半城林，功德碑前忆苦辛。

六十余年如一日，谁知右玉干群心。

2010 年 10 月

忆王孙·参观平遥国际摄影展

回归超越岁华新，灵感同行光影频。抽象模糊更似真。赛诗文，韵律悠长嚼味深。

注：2012 年"平遥国际摄影大展暨第三届奥迪主题展"有两个主题，即"回归超越"和"灵感同行光影闪耀"。本词前两句就是化用这两大主题。

2012 年 9 月

人物颂

RENWUSONG

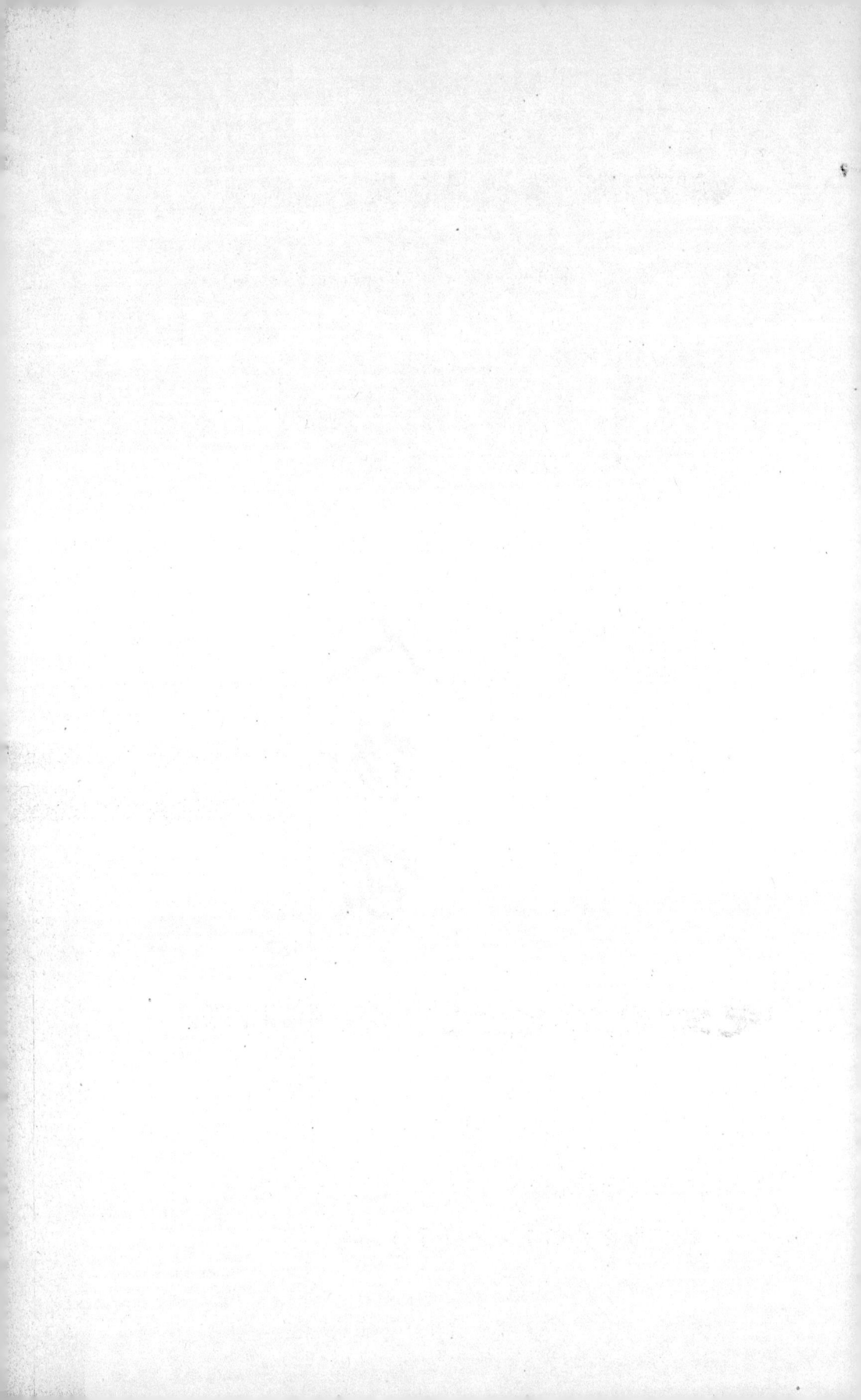

参观彭真生平展览有感

彭真同志有两句名言："真理面前人人平等"，"法律面前人人平等"，感人至深。

文瀛湖畔立其身，骇浪惊涛秉国钧。

除世不平多劫难，匡扶正义几艰辛。

追求真理身囹圄，敢吐雄词势绝伦。

道理简单含意厚，语言朴素念民亲。

文革十年尧天怒，《六法全书》狱独呻。

反正驱邪倾鼎力，兴邦立法岁华新。

苍生不是庸阿斗，公仆当须侍主人。

劲节苍苍立天地，丹心耿耿挽乾坤。

求真务实民钦仰，不尚空谈世所尊。

一代伟人彰勋业，两呼"平等"见精神。

2009 年 12 月

纪念赵朴初大师诞辰百年

（一）

记得当年妖雾漫，《某公三哭》俏文坛。

我于散曲陡生趣，从此师君见笔端。

（二）

中日交流佛事频，玄中寺内共陪宾。

大师已去音容在，拜读公诗学做人。

（三）

不求上帝不祈神，佛在心中悟自身。

得益大师恭答问①，通明哲理义存真。

注：① "答问"，即赵朴初所著《佛教常识答问》。

2007 年 12 月

〔仙吕·赏花时〕 玄中一脉情

谨以此曲纪念赵朴初先生忌辰十周年。

石壁玄中一脉情，净土东西千载兴。水不隔缘生，两邦同盛，大师功德史留名。

〔幺〕常忆陪宾拜祖庭，难忘同宗兄弟情。几见礼躬行，禅心笃定，宾主合掌共虔诚。

〔赚煞〕古寺修复赖君行，开光法会亲临庆。几十年常见踪影，梵偈诗书成胜景。"净土古刹玄中寺"牌匾明炳，歌祝弥陀愿万古长青。《云淡秋空》僧众咏，"聚会一处"留《双齿铭》，为友书墓志碑文冥静。悟空般若做人生。

2010 年 5 月

虞美人·午门悲歌

傅山先生诞辰四百周年祭。

午门抗命惊奇绝，尚志高风节。新君遗老两相和，长记明清换代一悲歌。

终生未仕民钦仰，拒赐非谦让。皇威不屑布衣还，垂钓西村更胜子陵滩。

2007 年 7 月

戚氏·绿化愚公（父篇）

袁克良，原太原市五金公司金属织网厂职工，1974 年自愿离岗上山义务植树。33 年来携子绿化荒山千亩，植树 10 万余株，被誉为当代"绿化愚公"。曾荣获省市"优秀共产党员"、市"特级劳动模范"称号。这片山林被立为青少年教育基地。袁公今已 83 岁，仍不辍治山。

慕云山。昔日荒岭野蓬峦。满目凄凉，石蒿凌乱，草丛蕃。荒蛮，景索然，游人无影鸟无喧。如今翠漫松柏，溢馥琼果挂沟川。绿帐千亩，屯兵十万，筑成锢蔽篱垣。更花繁鸟啭，蝶飞蜂舞，生态林园。

谁染，秀色龙岩？袁门父子，奋战卅余年。披星月、下苗破晓，智润干田。苦流连。耿耿铁骨，孤灯为伴，土洞身安。力担日月，手挽春还，两代同谱新篇。

不羡功名禄，无私奉献，日复年年。纸醉金迷躁世，却清心寡欲逆尘凡。莫言老叟痴骏，利今福后，贤德酬勤俭。创良辰美景随心愿。和谐美、天笑人欢。半世情、缱绻林间。顺其道、反哺自然焉。毕生无憾，活着种树，死共山眠。

2006 年 10 月

〔中吕·粉蝶儿〕绿化愚公
（子篇）

袁克良及其子袁兵元，是绿化慕云山的两大功臣，被誉为两代绿化愚公。在父亲的带领下，兵元从年轻时就身体力行，献身绿化。曾被授予"精神文明建设活动积极分子"、"三晋农业科技带头人"等称号。日前又荣获中国公益事业联合会颁发的"永远的丰碑——公益事业卓越贡献奖"。作为龙腾簧业公司董事长，他一直在人力、物力、财力上支撑父业，挑起绿化慕云山的重担，成为一个勇于开拓、乐于奉献、热心公益事业的企业家。

慕云山泼黛多娇，走遍东西山也没它俏，只缘那汗水滴浇。问谁唤春归？有袁门父子，善行天道。公益人物还看今朝。赞英雄和声吟啸。

〔醉春风〕曾为父打树籽解穷忧，首月工资捐树苗。如今助力靠弹簧，好，以簧养山好。感动苍天，惠泽大地，父称两全忠孝。

〔红绣鞋〕老子开荒鸣道，儿曹筑路搭桥，汽车开到半山腰。建起拦洪坝，雨水蓄池槽，未来蓝图更好。

〔鲍老儿〕内外沟通一担挑，媒体充前哨，领导支持少不了，文人墨客都来到，丹青素描浓抹，诗曲词赋雅诵，真草隶篆挥毫。更喜万千民众，为添新绿，种上心苗。

〔尾〕三十余年功业奇，两代愚公当自豪，千秋大计怀中抱，日远心高慕云佼。

2007 年 7 月

〔仙吕·醉中天〕 曲之祖

为元好问逝世 750 周年而作。

元之曲谁称祖？《小圣乐》为前驱，不属遗山奚属乎？大纛先行去，书会才人辈出。新声独步，诗坛并列三珠。

2007 年 10 月

〔仙吕·太常引〕 曲始篇

为元好问逝世 750 周年而作。

曲源词乐俚俗多，《骤雨打新荷》，开一代先河。乐府出、名姬唱和。

（幺）勾栏书会，才人辈出，创调谱新歌。曲海泛金波，鼎足立、文坛并勃。

2007 年 10 月

踏莎行·谒元好问墓

夹道林荫，古朴肃穆。拱门砖砌题元墓。文坛巨匠葬先茔，坟头挺立孤高树。

野史亭轩，碑碣壁著。唯叹荒冢颜衰目。可堪旧貌几时新，岁华犹发忻州趣。

2011 年 10 月

〔中吕·满庭芳〕 关汉卿

称雄曲苑。修身书会，浪迹勾栏。风流倜傥离骚面，笔底波澜。素谙这黎民苦难，忒惯熟烟月悲欢。苍生怨，声声呐喊，叹戏剧惊天。

2007 年 4 月

〔中吕·喜春来〕 关汉卿

（一）

风流倜傥离骚面，浪迹勾栏书会圈，风尘烟月有奇缘。声震天，惊世鸣屈《窦娥冤》。

（二）

天生一粒铜豌豆，宁折不弯蔑视侯，有才难为国分优。芳会首，花酒度春秋。

（三）

纷纭世态东山卧，俗笔闲吟大德歌，急流勇退避风波。闲快活，春风得意又如何？

（四）

攀花折柳俗而俏，浪子风流自戏调，意浓言淡更添娇。杂剧班帅豪，孤标独立一峰高。

2007 年 4 月

〔中吕·喜春来〕 马致远

(一)

东篱愤世陶潜似，隐逸怀情溢主辞，一声绝调写秋思。抛却名利纸，蕴藉风月尽人知。

(二)

状元散曲谁堪并，境语妙出皆有情，后多仿者续貂名。清蔚炳，丽色共尊称。

2007 年 5 月

〔中吕·喜春来〕 白朴

(一)

吹弹歌舞沧桑叹，春夏秋冬岁月阑，重头小令曲纷繁。神趣赞，情寄字行间。

(二)

山河破碎心惆怅，感事兴怀乐诗章，笔情墨趣意绵长。清丽腔，俗雅韵清香。

(三)

孰非孰是难分辨，知辱知荣亦淡然，乐山乐水诗书先。轻仕圈，隐逸醉田园。

2007 年 5 月

〔中吕·喜春来〕 郑光祖

(一)

浪漫杂剧伶人唱,《倩女离魂》已擅场,翰林风月更闻香。音律芳,余韵仍悠扬。

(二)

九天珠落杭州路,幸有才人杂剧初,梨园曲韵满江湖。风作助,万里吴云舒。

2007 年 8 月

〔南吕·四块玉〕 (四首)

关汉卿先生的戏曲作品中塑造了许多社会底层苦难深重的妇女形象,现仅选其中四位咏之。

窦 娥

世道昏,官衙暗。万种凌逼铸奇冤,雪飞六月三年旱。曲断魂,剧感天,珠泪涟。

赵盼儿

风月情,凌波俊。色赚休书救风尘,笑调浪子千般顺。刚烈心,义胆身,侠女神。

赵记儿

阅世深,情如故。改扮乔装救家夫,掌心敌手囊中物。正压邪，智胜愚，秋月舒。

燕 燕

止渴梅，相思枕。飞蛾扑火痛失贞，诈开门第留芳恨。奴婢身，攀贵心，争艳春。

2007 年 4 月

念奴娇·希望

　　有这样一位老人，以微薄的退休金先后资助了 13 个贫困学生。此翁名叫沈兆骅，原是太原市的一名机关干部，是年 74 岁。曾多次被评为优秀共产党员。1999 年，荣获中国青少年发展基金会"希望工程奖"，余曾与其共事多年，近见媒体报道其事迹，心灵震撼，随命笔赋此。

　　点燃希望，送温暖、尽显人间春色。圆梦山区求学女，僻壤穷乡留迹。节俭孤身，解囊相助，不惜挥余力。镕金西暮，晚晴霞耀东壁。

　　怀思共事当年，至爱无声，懿性长相忆。利锁名心皆淡去，行德惠泽邦国。瘦小身材，品高形象，冰玉顶天立。和谐之曲，谁人吹奏横笛。

2007 年 2 月

〔越调·斗鹌鹑〕 一诺如山

据《山西广播电视报》2006年12月25日报道，17年前，打工回家的孙修田，在火车站捡了一个被猫咬掉鼻子的4个月大的女婴。婴儿父母留言希望捡抱者将来能为孩子整容补鼻。孙修田养育残女16年后，倾尽家资为其做了整容手术，并千方百计帮她找到了亲生父母。有感于这位卑而品高的山东大汉，谨赋此曲以歌之。

十七年前，站牌下一个被弃的生命在嗷嗷诉泣。襁褓中的纸条述说缘由，孙修田犹豫片刻毅然抱起。"你儿女双全，捡个残妮是图啥哩！""残婴也是一条命，不救违天理。"好汉一诺如山："再穷也要为这妮整容补鼻。"

〔紫花儿序〕怪则怪婴儿怎会被猫儿咬了鼻子，恨则恨那无奈又心狠的爹娘，喜则喜世上还有那善良的仁义夫妻。不为防老，不图丰仪。为了医鼻，老骥砖窑仍奋蹄。戒除烟蒂，卖掉耕牛，倾尽家什。

〔小桃红〕婴儿转瞬已年笄，对镜常流涕。血汗筹齐手术费，整容正当时，诺言兑现长舒气。一只美鼻，两行热泪，爱与天齐。

〔绵搭絮〕为寻亲生父母，鲁豫六个来回。寻人启事贴满大街小巷，跑遍南北东西。有信行仁不负心，当年车站之托终落实。生父跪谢恩人，良苦天地知。

〔尾声〕季布千金一诺行侠义，修田一诺如山救美。古今两同心，为人信而立。

2007年2月

〔双调·拨不断〕
抗震救灾小义工才仁丹舟

帐篷中，小英雄。白衣天使愁言窘，十岁藏童翻译功，一言足抵甘棠颂。泣悲声、爱心凝重。

2010年4月

〔南吕·一枝花〕
香港义工黄福荣

汶川昨日悲，玉树今朝怒。雷电不击同一地，玉川同见一阿福。问苍天何遽丧斯夫？无奈人归去，成仁为救孤。善行多、不欲人知，侠义魂、永留玉树。

〔梁州〕你看他平凡脚步，独行侠来往江湖。为他人募款进京捐献骨髓库。巴山默默，守望相扶。西陲悄悄，襄助遗孤。可谁料三江源又遇魔伏，恰在慈善会尽善捐躯。孤儿院为你明烛，众僧俗为你祈福，听江水为你悲述。阿福识福，执着行善人生路。赢得港府"金英勇"勋章誉。彰显港人"非自利非物质"精神情愫抒①，港仔荣殊。

〔黄钟尾〕义工十年身先去，一把清灰身后无。草根行善者，豪侠常见出。历经风雨后，沧海有明珠。一个耀眼的"福"字镶玉树。仁爱者不再孤独。阿福精神谱写了一首大爱无疆的悲壮歌曲。

注①："非自利非物质"句，引自香港特首曾荫权语："香港人的精神到底是什么？除了灵活多变、不懈奋斗，为个人和家庭幸福打拼之外，还有哪些非自利、非物质的素质与襟怀？黄先生高风亮节，他的英勇行为给了我们一点启示。"

2010 年 4 月

〔中吕·普天乐〕
有感采风孟母故里

孟母身，仉氏后。寻踪太谷，临淄迹也曾留。东西不可分，都是亲骨肉。子子孙孙同携手，继传统、安度春秋。齐心共谋，同酋亚圣，万古身留。

2011 年 11 月

古绝·孟母教子

常思古训择邻处，莫教慈母断机杼。
传统文化育新人，环境勿将青春误。

2011 年 11 月

少年游·母爱

世间母爱最无私，哺育淑心慈。沐兰之恩，春晖无尽，孺慕感人知。

寸草悠悠抒怀抱，雨露润华滋。三迁教子，育才亚圣，今夕百重思。

2011 年 1 月

顾 维 钧

重任在肩秉国钧，外交才智见其真。

斥责日寇维权益，力抗诸强正义伸。

凡尔赛宫拂袖去，巴黎和会点迷津。

不平条约铮言拒，百载中华第一人。

注：顾维钧，是民国时期最著名的外交家。第一次世界大战结束后，他作为中国政府代表出席巴黎和会。会中他坚决回击了日本提出的无条件继承德国在山东权益的无理要求。然而几个大国为了各自的利益，最终决定牺牲中国的合法权益，向日本妥协，并强迫中国无条件接受。面对如此现实，顾维钧毅然决定拒签对德和约。这次拒签打破了中国外交史上"始争终让"的局面，第一次坚决地对列强说"不"。顾维钧的爱国行动被永远载入了中国外交史册。

2009 年 5 月

应时篇

YINGSHIPIAN

婆罗门引·胡连二次握手

再次握手，欣逢四月艳阳天。正当飞镜重圆。领带红蓝依旧，合作有新篇。率工商巨子，论道登坛。

经贸领先，谋福祉、促长安。两岸协同崛起，世界争妍。春江水暖，破残冰、凌汛春潮喧。积厚水①、乘势扬帆。

注①："积厚水"：化用《庄子》中"且夫水之积也不厚，则其负大舟也无力"句。

2006 年 4 月

满江红·长征

万里长征，围堵剿、腥风血雨。拨航向、毛翁掌舵，运筹窑屋，八载逐倭奇耻雪，三年缚虎江山固。改乾元、开国庆升平，惊寰宇。

革命路，犹堪续；复兴志，争驰骛。叹雄狮怒吼、巨龙飞舞。特色兴邦殷富足，科学治国和谐铸。看今朝、现代化长征，全球瞩。

2006 年 7 月

沁园春·七一颂

纪念建党八十五周年。

旗举南湖，义战尧疆，旭日冉升。忆峥嵘岁月，缅怀先烈，继承传统，接力长征。重整山河，国门开放，海阔长空龙鬻腾。惊天地，看中华崛起，重振雄风。

八十五岁芳龄，历华夏沉浮几废兴。有贤哲指引，勇于实践，创新观念，辈出精英。四代豪杰，与时俱进，理论常青指路明。远航处，正扬帆踏浪，潮卷涛声。

2006 年 7 月

水调歌头·嫦娥探月

次韵苏轼中秋篇。

望月古今叹，难上九重天。西昌一箭长啸，圆梦几千年。是夕乘舟归去，探测故园奥秘，变轨近广寒。数据搜寻遍，图像返人间。

邈云渚，空吊影，恨无眠。蟾宫远眺，折桂煮酒盼团圆。收纵任凭遥控，走动也非由己，聚散两难全。接令不归路，飘荡别婵娟。

2007 年 11 月

咏嫦娥一号上天

羿哥送我上青天，首启阊阖拜月仙。
云汉电波惊太白，人攀明月梦将圆。

2007 年 11 月

〔中吕·朝天子〕 抗灾曲

雪凝。雨凌。半壁冰天横。一声号令夹雷霆。万众齐呼应。铁骨脊梁，直撑坚劲。抗灾生死轻。雪晴。雨晴。伏虎惊魂定。

2008 年 1 月

清平乐·冰雪归人

冰封南国，路断归心急。羁泊他乡行无计，无语揪心两地。

感闻总理鞠躬，离人热血沸腾。寒夜雪中送炭，患难犹见真情。

2008 年 1 月

寄哀思

汶川震，举国殇。悲戚与共寄诗章。
未循格律曲词谱，每天一首泪千行。

2008 年 5 月

最后的姿势

双膝跪地，两臂支撑身体，顶住坍塌巨石。昂首前倾，护佑着身下孩子。

这是一组，伟大母爱雕塑，一对生死母女，最后的姿势。

手机嘱子："宝贝你若活着，记住妈妈我爱你。"白衣天使，默默传看素衫湿。

2008 年 5 月

感动这一幕

看着这张照片儿，不用多言。
你可曾知道，她捐的是乞讨来的钱。
少女善心芳魂，拖着残身。
那自豪神态，也是一个堂堂中国人。

2008 年 5 月

千秋大爱

展开双臂，像振翅雄鹰，趴在课桌上，扑救了幼小生灵。他以血肉之躯，诠释了师道和人性。

最后一课，临危不顾身。他用生命，铸就了伟大师魂。千秋大爱，浩气长存。

2008 年 5 月

坚强女民警

失去母亲的女儿，失去女儿的母亲。
电视屏上那一幕，感动苍天泣鬼神。
未去寻找亲人，却在救助亲人，
她把全部的爱，献给了地震灾民。

擦干眼泪，强忍悲伤。
大难面前别无选择，只有坚强。
倒下的是建筑，立着的是民族脊梁。

2008 年 5 月

一位空降兵的遗书

一条给女友的短信，在网上传出：
别为我担心，我去了灾区。
如果我留在那里，别哭，
也别问我留在何处。

2008 年 5 月

让我再救一个

天降灾魔，生死一瞬间。
撕心裂肺最怜那，被摧毁了的花朵。

女孩在呼救，地又颠簸。
战士爬行往里挪，后头强拽向外拖。

泣壮山河，战士跪地喊：
"求你们让我进去，我还能再救一个。"
生命之歌，响彻悲空中，
让我再多救一个，那是祖国的花朵。

2008 年 5 月

十五勇士

茂县孤岛，通讯中断，道路阻行。救人争分夺秒，调迁空降兵。

地无标识，降无导引，峡谷地形。飞机升至极限，阴霾障眼明。

瞅准云隙，一声令下，悲壮险惊。飞花七朵八朵，飘落穿云层。

死亡抉择，生命通道，展翅雄鹰。勇士凌空一跳，伞降史留名。

2008 年 5 月

QQ 婚礼

都是同行，身着绿装。相约四天后，携手步入婚姻殿堂。

大难震邦，人丧国殇。一声军令下，西南东北天隔一方。

青川辽阳，千里相望。网上拜天地，QQ 魂礼，浪漫悲凉。

2008 年 5 月

〔中吕·喜春来〕
奥运圣火之歌

(一)

百年期盼终还愿，祭告天神慰祖先，中华奥运续新篇。星月转，追梦到今天。

(二)

祥云处处添锦绣，一路长行破浪舟。壮志豪情谱春秋。传奇天下走，好运正方遒。

(三)

赫拉古庙神坛前，圣火从兹次第传，五洲四海五环连。一百三十天，龙吼似雷阗。

(四)

古今采火遥相似，凹镜男童橄榄枝，祭司皓洁展芳姿。常记起，普罗米修斯。

(五)

不同言语心同愿，不同文明肩并肩，不同肤色手相牵。期盛典，相聚鸟巢间。

(六)

一只火凤鸣苍昊，飞越全球绝世娇，珠峰倩影彩云飘。但待明月皎，八八凤还巢。

2008 年 6 月

奥运圣火情思

（一）

小城灵秀水山连，相聚诸神祭拜天。

一束光明彰竞技，奥林匹亚溯由缘。

（二）

登坛肃穆今循古，仪式庄严后继前。

凹镜采来天上火，祥云次第始兹传。

（三）

伥鬼披袈借佛光，雪山狮子梦黄粱。

熊熊烈焰普天照，扑火飞蛾自取亡。

（四）

云碧晴空妖吐雾，车行大道遇螳螂。

狂魔起舞何曾惧，世胄炎黄傲骨香。

（五）

龙被仇欺不忍吞，华人怒吼震乾坤。

沉思崛起添烦恼，一代新潮爱国魂。

（六）

李戴张冠心得意，捕风捉影似躬亲。

新闻嫁接称公正，虚幌人权假也真。

（七）

世界之巅火炬山，庄严承诺而今还。

新晨映日千峰暗，奥运金光耀宇寰。

（八）

不信珠峰流眼泪，却闻涕处水潺湲。

凌云绝顶多骄子，巾帼须眉并五环。

2008 年 3-6 月

〔般涉调·耍孩儿〕
沉思圣火传递

祥云圣火频传递，点亮珠峰惊世奇。赫拉神庙到长城，五洲四海众心齐。不同肤色相牵手，同片蓝天追梦飞。一百三十日，阳光灿烂，雷雨曾袭。

〔三煞〕妖魔化中国西方成时尚，奥运正是喧嚣好时机，和平传递烽烟起。这里冒出几名"记者"无疆界，那里又打出雪山狮子旗，强汉硬欺残疾妹。为浇熄圣火，拿出浑身解数使劲地吹。

〔二煞〕加德满都取代拉萨成笑柄，救护伤员变为抓人更滑稽，媒体成了编造谎言器。仇华上演荒唐剧，维护人权作画皮。无知成愚昧，何言客观公正，超越底线良知。

〔一煞〕西方的傲慢偏见使中国人擦亮眼，世胄炎黄从来没有这般众心齐，反击西方媒体成合力。"八零后"一代琢成器，为讨回公道美国华人把辱华者推上广庭被告席。正义之声堵住那名嘴，CNN公开道歉，中国人吐气扬眉。

〔尾声〕雷雨过后应静思，崛起缘何要经受这样的洗礼？咀嚼这大国成长的滋味，自信还要让世人读懂中国。

2008 年 8 月

〔南吕·瑶华令过感皇恩采茶歌〕台北陈江会

且看陈江承继汪辜愿，再聚首写新篇，潮平两岸曙光现。相知暌违逾九载，相宾不计前，松竹经霜健。 喜见阋墙兄弟骈肩，笑语春暄。五分钟，陈马会，超越时空六十年。一副对联嵌君姓名，一份菜单妙出吉言；赠礼赐名费才思，吟赋含寓意，儒雅风流喜空前。 正是策长安，盼团圆，金瓯共补待明天。顺应潮流风送远，同舟共济一帆悬。

2008 年 11 月

〔仙吕·村里迓鼓〕见证中美建交前的历史时刻

1971年7月16日，新华社发布了美国总统尼克松即将访华的公告。此后各级各单位召开吹风会，统一认识。这时我正在永济县插队劳动，并参加了宣传队，直接向农民群众宣讲中央的决策。亲历了这一重要历史时刻。欣逢建国六十周年之际，爰赋此曲，以志怀念。

话天下今说纵横交错，国家关系。风云变幻，时势转、友敌交相替。哪位伟人曾说：没有永恒朋友，只有永恒利益。外交斗智谋，避其害，趋其利，说到底都只为发展和保存自己。

〔醉中天〕四十年前事，华沙城里有人追。要我外交官员传信息，尼克松总统要同中国会谈商新计。美大使衔命上演这出独角戏。是年冬日。中美和缓有了新机。

〔么神急〕世上常有出其不意，贵在把握时机。小小银球，打到白宫椭圆室。球队访华先破冰，随后密使悄声至。那年历史拐个弯，乒乓球外交，走了一步高棋。

〔寄生草〕今朝是，昨日非。一边是中苏交恶同盟废，一边是美苏争霸更加最，一边是美中改变常敌对。有人一边喝着伏特加，一边欲饮茅台醉。

〔醉扶归〕正是收工时候，喇叭里传来重要消息，公布了尼克松来访日期。村民议论多惊异。正色直言道理，尽说昨日欺华事。

〔太常引〕一提美帝怒横眉，化敌虑安危。释冰待得暖风微，吹风会层层解围。〔幺〕山村小院，汽灯高挂，细听"老插"吹。别怕美帝虎生威，如今龙睡醒、咱们怕谁？

〔上马娇煞〕小球把中国外交推向大舞台，四十年走来更觉奇。崛起正当时。全球两大经济体。双雄并立，共生合作两相依。

2009 年 10 月

〔正宫·端正好〕
民族团结格桑花

众生灵，遭磨难。格桑花挺立高原，顶风傲雪多娇艳。怒向苍寒绽。

〔滚绣球〕汉藏蒙回维羌撒拉族聚生，同享玉树天。同命运肝肠寸断。同生死骨肉相连。任尔强震突降临，我不分军民、不分民族、不分信仰、不分僧俗全国总动员。同甘苦守望相伴。同舟济共渡难关。民族团结信如铁，举国同心志更坚。玉树有春天。

〔倘秀才〕民族情、催人泪潸。民族力、凝聚高原。

难忘义工结善缘。红丝带助挽狂澜。好一幅英雄画卷。

〔脱布衫〕玉树有、美好明天。格桑花、绽放空前。救灾情、谁能比肩？民族心、久经锤炼。

〔煞尾〕炎黄血脉爱无限，砥柱中流天地间。异族同愿，力挽春还，重建家园。玉树常青思华旦。

2010 年 4 月

〔南吕·一枝花〕开胸验肺

惊闻河南农民工张海超开胸验肺而愤赋。

未忘千人断指伤，又闻众役砖窑黑。矿难最怜频曝光，偏又惊悉硬汉自戕悲。痛彻心脾。业主唯逐利，公权不作为。诘问父母官、职责在何方？可曾记、黎民弱势？

〔哭皇天〕灵秀中州地，维权猛士凄。打工三年肺染尘，取证两年却枉费心机。一草民、可跟谁论理？工厂隐瞒，医证无效，公权不公，上访空归。不信当今无是非。为讨公道，开胸验肺。

〔乌夜啼〕一个悲怆的故事人心碎，迟到的公正书、叫人啼笑皆非，前倨后恭有人让你没脾气。强势未必高魁，弱势未必低微。曝光前后两张皮，假真两种公权力。笑不出，哭无泪。酸涩发人深省，世间自有良知。

〔尾〕嗟叹法治之阙失，反思公权的作为，重新审视农民工的基本权益。为官，应知，啥是工人命根子？

世博会一瞥

戊子全球看九州，庚寅华夏向全球，
申城万国珍奇秀，一瞥惊鸿见风流。

汉俳·世博会 （二首）

又圆百年梦

两圆梦百年，
　世界神州相向看，
　　更好待明天。

城市人主题馆

天涯若比邻，
　一个星球一个村，
　　何不共生存？

一斛珠·有感利比亚撤侨

风云突变，的黎波里撩心乱，华侨处境临危难。解救同胞，十日逾三万。

陆海空军齐参战，护航保驾"徐州"舰，外交人本情无限。强国安民，实力于今见。

2011 年 3 月

喜迁莺·赞克里特岛华侨志愿者

晨曦里，月明中，来去急匆匆。嗓门嘶哑眼丝红。尽义乐其中。

念同胞，归思切。第一时间争捷。克里特岛显龙光，有爱早回乡。

2011 年 2 月

伟　业

纪念建党九十周年。

上下五千年，纵横数万里。

泱泱华夏古文明，曾领风骚中世纪。

自从鸦片烽烟起，西寇东倭接踵至。
身被瓜分又赔款，丧权半为殖民地。
师夷制夷强国梦，抵御外侮自天然。
禁毒销烟林则徐，太平天国洪秀全。
戊戌变法改良派，扶清灭洋义和团。
救国自强皆梦碎，大清帝国暮西山。
武昌起义民国立，革命先驱孙逸仙。
君主推翻建共和，反封反帝旗帜鲜。
三民主义新纲领，节制资本平地权。
嗟呼！妥协旧势力，大权旁落军阀袁。
十月革命炮声响，马列学说劲风吹。
工人阶级求解放，社会主义北邻知。
巴黎和会惹民怨，五四狂飙卷巨澜。
先进思想推工运，民主主义新阶段。
"一大"升旗镰与锤，航程万里起南湖。
工农运动高潮起，国共相携合作初。
风云突变"四一二"，蒋氏背叛酿惨案。
共产党人未吓倒，克服右倾抓枪杆。
南昌起义先打响，革命武装第一枪。
湘鄂粤赣农奴戴，秋收暴动迎朝阳。
马关之耻犹未雪，新孽又添"九一八"。

旧恨新仇怒火燃，抗日救亡奋鞭挞。

正当革命高涨时，"左"倾思想又浮起。

有利形势丧失尽，红军被迫长征始。

生死关头盼北斗，遵义会议正当时。

力挽狂澜毛泽东，拨开迷雾见晨曦。

盖世传奇征战路，行程屈指二万五。

腥风血雨英魂烈，壮丽史诗绝今古。

西安事变为契机，逼蒋抗日不失时。

停战议和伸大义，同仇敌忾共兴师。

"七七"卢沟突遭袭，醒狮桥上寒悲泣。

中华儿女怒声吼，全民抗战齐奋力。

正面敌后两战场，民族统一战线立。

台儿庄胜板垣师，平型关战如无敌。

皖南事变震中外，同室操戈相煎急。

瞻顾大局斗求和，蜚声各界同赏识。

延安整风搞生产，国统民运大发展。

"七大"吹响冲锋号，八年终偿民族愿。

反帝战争首全胜，一扫百年屈辱史。

欣为诞生新中国，举行盛大奠基礼。

民族战争刚结束，国内战争迫眉睫。

两个中国之命运，面临决战新时刻。

停战协定墨未干，蒋军主力犯中原。
我军奋起千钧棒，势如破竹斩凶顽。
摧枯拉朽捣敌穴，三大战役决胜负。
一夜渡江克南京，红旗插上总统府。
百年推翻三座山，鲜血染红赤县天。
五星旗帜城头立，中华开创新纪元。
开国建设头三年，横扫残敌固政权。
援朝抗美保家国，土改农民把身翻。
一化三改总路线，经济结构新改变。
民主革命已进入，社会主义新阶段。
七年建设探新路，正确错误相较量。
急于求成有失误，"左"倾思想占风上。
十年文革尧疆乱，是非颠倒妖雾漫。
一举粉碎"四人帮"，驱扫阴霾重见天。
三中全会转乾坤，拨乱反正泾渭分。
解放思想破迷信，实事求是复原真。
真理标准唯实践，有错必纠平反甄。
经济发展为重点，改革开放启国门。
一个中心求发展，四个坚持不动摇。
阔步飞奔小康路，殷实富足国人骄。
一国两制新构思，港澳主权庆回复。

卅年走出一条路，中国特色世人瞩。

百年经验归一点，马列结合我实际。

创新理论与时进，英贤四代相承继。

春秋自古民心铸，社会和谐江山固。

治党不忘甲申年，铁拳惩腐兴民主。

万里航行灯塔明，飞奔四化有方向。

振兴中华鹏正举，环视全球东方亮。

九秩春秋正芳年，奠基伟业续新篇。

何时再补金瓯缺，一统江山待梦圆。

2011 年 5 月

〔中吕·朝天子〕
贺天宫一号升空

梦飞，梦飞，酒泉无酒人皆醉。航天又一里程碑，明月彤云瑞。

今闹天宫，开路扬麾，飞船后续迨。变轨，变轨，但待神八来交会。

2011 年 9 月 30 日

杂咏

ZAYONG

〔正宫·叨叨令〕护秋

（一）

葡萄园里灯光照，暮山坡上回音报。三更半夜惊鸡叫，清晨见面开怀笑。昨夜平安无事也么哥，昨夜平安无事也么哥。崛峒山下听新调。

（二）

巡田月黑心无惮，玉茭地里儒生捉了庄稼汉，带回场里人称赞，谁知我手里出虚汗。真是后怕呀也么哥，真是后怕呀也么哥。马车夫他镰刀在手身强悍。

注：1959年中央庐山会议后，在党内文件上看到毛主席给张闻天的一封信中引用了一首〔叨叨令〕（后经查阅是明人陈全写的《咏疟》），从此对散曲发生了兴趣。1962年在太原市委机关呼延村农场劳动时，仿作了这两首〔叨叨令〕。当时写的不完全合律，后来依据曲谱作了修改。

1961年秋

农场做豆腐感思

1961年10月，作为"三门"干部下放到太原市呼延村市委机关农场劳动锻炼。冬闲学做豆腐，先为徒，后成师。为度饥荒，每天给市委机关人员提供100多斤豆腐。爰赋此诗，以志怀念。

采菽西山脚下村，毛驴拉磨转乾坤。

拜师学得淮南术，点卤凝浆本色真。

最是清纯如白璧，更知营养赛鸡豚。

一身素淡家常客，正正方方请进门。

1961 年冬

〔正宫·甘草子〕
锅碗瓢盆交响曲

1970 年在永济县常旗营村插队劳动，村内水苦，要到三里外的地方担水吃。有时懒得去挑，夏日常常接雨水吃。

及时雨，斗室屋檐，长挂垂帘水柱。最发愁，三里路。肩无力，莫笑予。为解远行担水苦，顷刻搜来乐具。奏响锅碗瓢盆交响曲，乐煞儒夫。

1971 年夏

〔仙吕·金盏儿〕 干校劳动

雨滂沱，夜巡逻。玉茭地里唠嗑坐，田间陌上话蹉跎。人生棘满路，岁月似爬坡。子时潇雨歇，风扫霁云过。

1977 年夏

六十感怀

星移斗转鬓霜秋，犹忆当年岁月稠。

自信人生花甲始，卸辕老马待从头。

1994 年 11 月

鹧鸪天·退休感言

官似芝麻有实权，云游宦海复年年。非因不会操权术，未忘拳头举过肩。

昂首望，有青天，胸怀坦荡任评言。洁来净去无牵挂，莫管旁人着意看。

1995 年 5 月

七十感怀

韶光苦短惜年华，已近黄昏万缕霞。

剩有闲情歌盛世，诗坛结友笔生花。

2004 年 11 月

踏莎行·闲趣

向往苏辛，神交李杜，悠悠自得敲诗句。退休难得有闲吟，夕阳点缀千山暮。

岁岁年年，风风雨雨，平平仄仄人生路。有平无仄不成诗，抑扬顿挫方谐律。

2006 年 6 月

菩萨蛮·夕聚

一年一度秋霜逼，耆年友聚常相忆。畅饮老白汾，酒陈情更深。

寻思欢笑语，悟省人生路。鹤发沐春风，醉留夕照红。

2006 年 7 月

〔仙吕·点绛唇〕某公梦忱

执政芳年，独局难转，内忧外患声声怨。左右招架一路狂颠，四面八方向我全开战。

〔混江龙〕靠那两颗枪子儿助选，系维了执政行权。三合一选举寒风骤起，苦雨连连。野盛朝衰民弃绿，彼强我弱众挺蓝。人心向背乾坤转。跛鸭府院，北辙南辕。

〔油葫芦〕前往大陆投资十几年，箭离弦、靶太偏。金主割袍断义暗思迁。切记经商莫忘探独路，发财谨防红魔骗。紧绷弦，慢出箭，积极管理，有效开放，别让台湾的经脉被吸干。

〔那吒令〕我的地盘是美国牵制大陆的阵地前沿，永不沉没的航空母舰。入主以来山姆一再训斥我制造事端，俨然是我推行台独的刹车铁铜。废统惹来华府怒谴，一记耳掴使我头晕目眩，还要切割台与俺。心寒颤，今不独、更待何年。

〔寄生草〕大陆施心计，台湾苦难言。一串串礼单接收怕是玩统战，绿蓝颜色会生变，拒收又恐生民怨。想起古邑特洛伊，担心木马屠城见。

〔村里迓鼓〕我的党朋独伴，家室姻眷，身边铁杆，一连串弊案曝光如电。看来我也难脱干系，蓝营穷追猛打，舆论愤谴。我壮着胆不服输，不认账，不吃硬也不吃软。红衫军也没能把我压扁。

〔四季花〕"中华邮政"正名先开篇，教科书国字当头的词换掉有几千，国父的尊称再也难听见。摘下中山纪念堂"大中至玉"牌匾,老蒋铜像大卸八块到公园。去中国化步伐还要快马加鞭。

〔后庭花〕台独立党纲，好景没几天。如今元老退党先离去，天王自保站一边。营内众思迁，纷纷独身自善，四分五裂焉。

〔赚煞〕台独路遥遥，有心难如愿。跛脚鸭诚惶气喘，病入膏肓难回转。命空悬、无力回天。恨绵绵，前景惨然，垓下幽灵淡水边。厄运当前，楚歌声颤，黄粱一枕梦难圆。

原作于 2006 年

修改于 2007 年

〔南吕·一枝花〕 熊猫怨

巴山深谷密林居，蜀水清流箭竹恋。大自然造就俺这憨容步态，养成这孤傲寂喧。天人作合俺俩喜结良缘。一张素淡的颜面，两只迷人的眼圈。这长相人见人亲，起乳名我团它圆。

〔梁州〕赴台湾俺是和平使者，怎惹来政治烽烟，无端被指书为箭。黑白颠倒，蓝绿为先。玩鬼把戏，打伴醉拳。本来是两岸情牵，怎招致一派胡言。硬说有统战嫌疑，污蔑是攻心法术，更耸言木马倾颠。胡诌瞎编。焚琴煮鹤耍无赖，有口也难辨。何日还原那真色黑白，为俺平冤。

〔尾〕现如今俺被视为国宝登堂殿，吐纳烟云数十年，娇贵稀有世人羡。自是竹仙。荣赴台湾待时转。

2006 年 4 月

偕老曲

难得人生鹤伴时，酸甜苦辣两心知。
磕磕碰碰轻音乐，絮絮叨叨也是诗。

2007 年 10 月

〔中吕·山坡羊〕蚕

没明没夜，无声无懈，一生忙碌食桑叶。四回蛰，五龄别。心丝吐尽殷勤谢。玉洁冰清身化蝶。虫，白净雪。蛾，白净雪。

2007 年 10 月

〔中吕·山坡羊〕养蜂人

寻芳何处，迎风追去。赶春走遍天涯路。嗅香逐，伴花居。都知蜂蜜甜芬馥，谁解养蜂离与苦。身，无定处，孤，谁共语。

2007 年 12 月

〔中吕·阳春曲〕寄无名氏

近日翻阅《全元曲》，发现无名氏的散曲有663支（套），竟占《全元曲》散曲部分的14%还多。其中不乏佳作。爰小令歌之。

佚名作品垂青史，多有才人清丽辞，梨园僻处有高枝。曾梦思，曲高和众在当时。

2007年9月

草

扎根方寸土，足下固尘沙。

春至天涯绿，先于二月花。

2009年11月

路边草

毂脚恨无情，却偏傍路生。

茎折根不死，石压复横萌。

2007年5月

观赏草

芳圃萋萋草，平平展展新。

如今登大雅，楚楚向游人。

2007年4月

藤

游西双版纳原始森林公园观藤缠树偶感。

软无脊骨细无腰，但仗攀缘节节高。
依附它枝登绝顶，自嘘夺冠笑同曹。

苜蓿

三叶青青草，花开诱蝶香。
无心争牧野，只为壮牛羊。

〔中吕·满庭芳〕采风徐沟二中

金河唤春。水涸不复，厚德长存。百年声誉名三晋，
桃李芳芬。今骄看群楼"田"字新，昨常思杰阁倚层云①。
徐沟镇，书香气氛，世代出贤人。

注①："杰阁倚层云"，引自金河书院楹联"杰阁倚层云，联步可登，平地丹梯
增气象；晴川环蟹水，当前即是，无边绣壤错文章"。

2008 年 5 月

〔越调·天净沙〕梨园

小村山下湖边，飞花似雪飘然。一片白茫醉眼。浪漫凄美，落英冷艳人暄。

2009 年 4 月

咏红柳

枝条虽细弱，丛聚固纤尘。
沙暴何曾惧，盘根大漠深。

2009 年 6 月

胡杨赞

顽韧扎根戈壁川，
一生默默固沙田。
死而不朽仍挺立，
铁骨脊梁撑起天。

2009 年 6 月

吃小葱拌豆腐偶得

千磨万转砺精神，表里洁纯方正身。
青白分明葱作证，不拘贫富素心真。

2009 年 4 月

汉俳二首
忆赵朴初先生首作汉俳

（一）

俳句源东国，
　　移花接木始君栽。
　　　名之曰"汉俳"。

（二）

诗体展新篇，
　　首创汉俳已廿年。
　　　同赏百花妍。

注：俳句，是日本诗体之一。1980 年 5 月，赵朴初先生在其首作汉俳《赠森木孝顺长老》的注解中写道："奈良东大寺清水公照长老近在宴会上诵其在扬州所作俳句，译员口译其意，余依俳句格律改为汉文云：'遍地菜花黄，盲目圣人归故乡。春意万年长'。此余为俳句之始。用汉文写俳句，或是余首创，余名之曰'汉俳'。"

2009 年 4 月

汉俳·老有所思

（一）

老枝也著花，
　　电脑诗书乐有加。
　　　文思发新葩。

（二）

立体交叉路，
　　如今老马难识途。
　　　嗟叹桑榆暮。

（三）

有许多事情，
　　缘何到老才清醒。
　　　因有太多梦。

（四）

忘掉昨烦忧，
　　完美人生不曾有。
　　　莫言心上秋。

（五）

人生一首歌，
　　世间万象因果多。

轻言能看破。

2010 年 4 月

汉俳·港澳合情思

云寂海涛喧，
　　紫荆色艳莲更鲜，
　　　　情思蝴蝶兰。

注：台湾有"兰花之岛"美称，尤其以蝴蝶兰闻名于世，曾获第三届国际花展冠军。

2010 年 8 月

临江仙·拜师学诗

我从 2009 年 1 月至 10 月，参加中华诗词第五期函授班学习，拜刘藜光先生为师。现学业已毕。这是学业结束时赠给导师的一首词。

诗海学涯无止境，耆年嚼韵香浓。循章练句渐从容。蒙师多教诲，一字点灵通。

词圃雅园拜藜叟，叩门方识真容。二元简谱笔底工。老翁新创意，诗法得恢弘。

注："词圃""藜叟"均化用刘老师的著作《藜叟词圃》书名。"二元简谱"是该书的内容。

2009 年 10 月

〔正宫·黑漆奴〕阿克毛贩毒感思

大英帝国施无计，难撼我律法独立。虎门烟犹忆当年，炮舰喧嚣又起。

〔幺〕晚投胎一百多年，治外法权难觅。出国担生命风险，不如转内销利己。

2009 年 12 月

〔中吕·满庭芳〕赠解贞玲女士

胸怀大雅，才情淑女，翰墨生涯。无声有韵诗书画，笔底烟霞。砚池里飞出曲家①，清风斋缩放奇葩。歌吟罢，教人醉煞，文坛争艳一枝花。

注①："飞出曲家"：化用解贞玲"小曲儿溢满仙人砚"曲句。

2010 年 3 月

卜算子·山西体育中心工地巡礼

2010 年 4 月 30 日，应承建单位之一的中化二建公司之约，赴山西体育中心工地采风赋此。

西接晋阳湖，东依汾河水。四馆一场雏见形，气势堪宏伟。

文化蕴其中，民俗集精粹。现代精神晋韵风，体育龙头瑞。

2010 年 5 月

最高楼·香港中环行

繁华地，寸土寸金鎏。港景眼前收。登高俯视维湾小，转身侧望篦梳楼。几番来，几回醉，几淹留。

山也乐，天桥楼际接；水也乐，浪飞漫影阁。人总在，半空游。摩天灯火连星月，夜阑流彩泛轻舟。任年年，紫荆丽，永风流。

2010 年 8 月

〔双调·驻马听〕 赞澳门诗坛

改革开放初期曾三赴澳门，二十多年后重游，觉得澳门不仅经济腾飞，而且诗词繁荣。有人评论：当代澳门文学在各类题材创作方面，作品数量最多、成就最突出的首推诗歌，尤其是传统的古典诗词引人瞩目。余此行深有感受，随命笔赋此。

四百年前，若士香山开卷篇①；乾坤几转，骚人盛世壮吟坛。濠江镜海载诗船，清风送韵荷香远。新纪元，耆儒领唱赓歌赞。

注①：若士，汤显祖号，他于 1591 年写过咏澳门的三首诗，被认为是澳门诗坛的开卷篇。香山，即澳门。

2010 年 8 月

参观太原卫星发射中心

铸剑高原四十秋，风云八八首开头①。

廿年又二飞天路，一百卅星冲斗牛。

精而求精分秒准，细中还细积微求。

航天测绘争先奋，骄傲缄然欲说休。

注①："风云八八"：指 1988 年首发第一颗风云一号气象卫星。

2010 年 10 月

忆王孙·登卫星发射塔

探寻奥秘好奇来，有幸登临发射台，远眺高瞻眼界开。独吟怀，航技巡游亦快哉。

2010 年 10 月

〔般涉调·哨遍〕飞天

自古惟有月亮环球绕，如今卫星数点知多少？科技逞英豪，越远越高越心骄，飞天竞如潮。苍穹浩瀚，任尔巡游，科学探测揽群曜。迈出时空脚步，星河云汉，一步千里遥。群雄并起驾云飞，信步量天更谁高。宇航合作方兴，强手相携，未来更好。

〔要孩儿〕炼丹炉里装什料，神仙未成却发明了火药。先行可惜未长足，火枪难敌洋炮。百年挨打成过去，六十年前重起跑。中国人履平地登峰顶跨海洋升苍昊，实现民族梦想，翘首今朝。

〔二煞〕二十年前"八六三"计划开步走，神一到神七步步立新标。首位太空人宇宙探神奥，首送嫦娥奔月回家走，首次舱外漫游更自豪。二十分钟多奇妙，高天留下龙的脚印，五星红旗舱外飘摇。

〔一煞〕航天技术成鼎立，当自豪，中华崛起新符号。神州圆梦抒情意，银汉迎宾抚浪涛。为国争荣耀，新人接力，再创新高。

〔尾声〕继续积跬步，再致千里遥。何时能买到飞船票，列列星宿中把织女牛郎找。

2008 年 9 月

江城子·老农学电脑

农民致富靠红娘。左思量，右彷徨。买台电脑，网络架桥梁。到处逢人夸有线，才学会，愣张扬。

互联网上学经商。串城乡，贩高粱。如今酒贵，盛世共飞觞。十里八村红一片，酬答谢，领头羊。

2011 年 3 月

一剪梅·网上家园

鹤发童心二指禅，忙里偷闲，窗口聊天。打开博客更留连。脖子酸酸，心里甜甜。

知识海洋信息山，虚拟空间，任尔盘旋。锦囊妙计解疑难。服务为先，网上家园。

2011 年 3 月

有感太原有线网

传媒工具赶新潮，网络同享数字娇。

市县城乡全覆盖，官民政企架心桥。

视频有线能通话，信号无声可致遥。

突破时空天地阔，微波冲上碧云霄。

2011 年 4 月

〔双调·水仙子〕网络诗词感赋

岸边杨柳靠风裁，网上诗花斗艳开。唐风晋韵微波载，吟坛添异彩。自由抒发情怀。春长在，芳自来，辈出新才。

2011 年 4 月

〔南吕·一枝花〕黄金纽带

中国净土宗自 12 世纪 70 年代传入日本，两国净土佛教文化交流已 800 余年。20 世纪 20 年代，日本佛教学者常盘大定发现祖庭玄中寺之后，日本佛教界人士更是连年不断前来参拜，成为中日两国人民友好交流的黄金纽带。欣逢中日邦交正常化 35 周年之际，谨献此曲，永志善缘。

云封叠岭山静幽，雾锁绝壁溪飞进。雨花生瑞气，甘露显灵通，圣境秋容。东海听经诵，西山闻鼓钟。水不隔净土东西，山难断法门弟兄。

〔梁州〕常盘大定行万里石壁认祖，法然亲鸾捧"三经"瀛岛立宗。两邦同道弥陀共。菅原长老枣移本寺①，齿埋玄中。大谷长老率众僧签名誓日中不战，两国和衷。地无界佛缘相通，海无际法乳交融。木禅杖善结两枝同根②，显彰碑永耀千秋万代③，灵骨塔长留一西一东④。宗同，祖同。苦难有尽缘无尽，般若常思痛。度尽劫波情更真，相逢道犹崇。

〔尾声〕平和静虑经长诵，莫教烦恼惹雪风，佛在胸中自圆梦。色空，妙空，彻悟人生净心捧。

注①：菅原惠庆将玄中寺枣实移种他作住持的远行寺，并将远行寺改名为枣寺。
注②：菅原从远行寺长成的那棵枣树上，取下连接的粗细两枝，做成一根雕有佛头的禅杖赠与玄中寺，今仍贡在祖师殿。
注③：显彰碑即大谷莹润显彰碑。
注④：灵骨塔为菅原长老墓塔。

2007 年 8 月

〔中吕·山坡羊〕 （三首）

贪与廉

生财之道，无甚玄奥。自食其力寻丹窍。不攀高，莫心焦。敛财勿惹陶公笑。留取清白功德劭。贪，罪自找；廉，依旧好。

权与钱

行为宜见，真心难辨。钱权交易民声怨。日高悬，有青天。为官一任公仆面，守则尽职身率先。权，责在肩；钱，别触电。

时与人

行长安道，吟清平调。此生转瞬夕阳照。雨潇潇，路迢迢。悠悠往事萦怀抱。尘世没白走一遭。时，催耋老；人，心未了。

2011 年 10 月

贺香港回归十周年

南海珠还庆十年，繁荣稳定喜空前。
世人争仰荆花丽，青史中华两制篇。

2007 年 6 月

次韵《壬辰开岁日四家漏夜联句》

诗词曲赋传承远，开岁龙吟唱大千。

借得唐风歌盛世，唤来宋韵和幽燕。

劲吹箫笛飞天外，拨动琴弦出塞边。

缀玉联珠百花盛，挥毫索句写长天。

2012 年 1 月

附：原玉

七律·壬辰开岁日四家漏夜联句

壬辰龙年正月初一漏夜，书坛泰斗沈鹏先生以手机发给中华诗词学会副会长张福有先生首联。福有先生即转中华诗词学会顾问周笃文先生得续颔联，返回后又接成颈联发给吉林省政协原主席、中华诗词学会顾问、吉林省诗词学会会长张岳琦先生，足成一律。是为客岁四家联唱之继响也。爰发网上，求其友声，不啻当今吟坛又一雅事欤？

龙孙吐节存高远①，凤羽摩云振大千②。

万国辎车驰魏阙③，百重佳气满幽燕。

史从汉障通关外④，春引唐声出柳边⑤。

四海风烟纵难测，金虬顺势必翱天⑥。

注①：龙孙，竹之别称。
注②：凤羽，通凤毫，笔之别称。
注③：辎车，一匹马所拉的轻便之车。
注④：汉障，燕秦汉筑辽东长城，史书中称之为"筑障塞"。

〔越调·天净沙〕赏梨花

参加原平市第四届梨花诗歌艺术节冒雨欣赏梨花。

梨花带雨苍寒，骚人情满银滩，一片白茫醉眼。诗心无限，天涯神韵漫山。

注："天涯"，指原平市天涯山风景区。

2012 年 4 月

渔歌子·参观驻原平
八十三师感赋

走进军营别样情，紧邻闹市静无声。师史馆，忆征程，娇看戎马显功名。

2012 年 4 月

海上情思

惊涛骇浪暗流湍，拨正船头渡险滩。

万里航行东逝水，烦忧抛却碧波间。

2012 年 5 月

为外孙作画题诗（三首）

题 梅

一树寒梅别出奇，繁花不在最高枝。
嫣然蓓蕾花间俏，正是含情待放时。

南歌子·题兰

　　花国真君子，芳香
品独优。枝叶貌轻柔。稚童初试笔，见风流。

　　注：此词采温庭筠 23 字体。

〔越调·凭栏人〕题菊

　　十月黄花石壁开，
雏鸟登高俦伴来。无
人平野栽，赏心秋寄
怀。

　　　2006 年秋

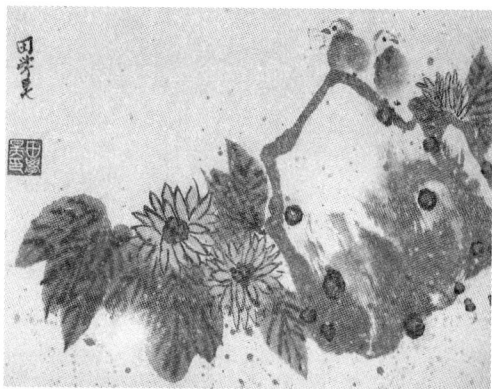

七夕感赋（自度组曲）

鹊桥吟

年年是夕，金风玉露月明寂。岁岁佳期，织女牛郎幽会时。有道是人间烟火，柴米夫妻；贫贱不移，坚贞如一。叹如今七夕缘何遭冷遇？情人佳节外来稀。婚恋观念生裂变，谁与真情共作期。常恨那金钱至上，情淡如水；以性为爱，伦理缺失；恋爱自由无节制，婚姻大事当儿戏，荒淫无度等闲事。忧哉，忧哉，唤中华美德复归兮！

包二奶

讽言道：男人有钱就学坏，女人学坏就来钱。贪官几个不沾腥，大款几个没搞婚外恋。包二奶，寻常见。只图钱财不怕贬。宁当小三，不共贫贱。

闪婚族

见面就是情人，三分钟一个吻，五分钟誓言定终身。十日便成婚，未出蜜月就劳燕飞分。恋爱难耐马拉松，百米冲刺才过瘾，既省时间又降低成本。大千世界，滚滚红尘。婚姻儿戏，过雨烟云。

情有价

且看这人心世道，应时变化。如今是商品天下。物有价，情也有价。男财女貌，明码标价。非国姿天色不娶，非千万富翁不嫁。财色祸根芽，万事空花。飘零飞絮无情物，随风飘荡落谁家。

网恋奴

现如今信息网络化，电脑能对话。十指一敲谈恋爱，鼠标一点便成家。洋快餐好吃难消化，到头来都是水中月，雾里花。千里无缘人未识，短婚速离十有八。

单身潮

哪来这外来谚语：结婚是爱情的坟墓，离婚是翻然悔悟。自打门户开，招风化世俗。攀升的离婚率，新潮的不婚族。此是婚姻观的误区，还是社会发展的产物？时下单身，不是穷光棍，也非鳏寡孤独，多是条件优越的白领男女。围城的心理，过高的门槛，难觅高度相融的伴侣。得不到爱情的幸福，宁愿一辈子衾单枕独。人生无几，事业有成已足。

知足乐

端的是天上稀相见，人间共枕眠。更看那河汉隔鸾凤，世上并蒂莲。冷清七夕会，难比中秋八月圆。人生百态，世事由缘。笑对苍天，无悔无怨。知足便是神仙。

2009 年 8 月

熊猫外交（自度曲）

〔国宝〕俺头圆腰圆尾巴短，一身黑白相间。白头上两块黑木耳，八字两撇黑眼圈，墨染鼻头一点点。就凭这罕见模样，荣登国宝堂殿。自打进了动物园，朝夕与人相伴。因此上常常接到国外邀请函电，请俺去同他们的游人相见。解密的外交档案，记录了俺为中国外交作出的特殊贡献。

〔友好使者〕远的不谈，就说这六十年。作为国礼，俺五十二年前，先到原苏联，黑熊猫熊手相牵。随后到朝鲜，一江之隔表亲善。三十七年前，中美关系乌云散，同西方建交接二连三。那段时间，中外建交的走势图，成了俺出行的路线。

〔特殊礼遇〕自从当上这友好使者，简直把俺捧上了天。美国花几百万美元建东方风格的熊猫馆，西德迎接俺铺上了红地毯；日本派一个战斗机编队为俺护航保驾，西班牙王后出席隆重仪式欢迎俺。就像接待"国家元首"一般。万人空巷，就为看俺一眼。也有遗憾，全天候观察，没有保护俺的隐私权。

〔经济特使〕时过境迁，二十八年前，俺改变了身份，戴上了"经济特使"的头衔。不再作为国礼赠送，改行租借方案，搞商业巡展。每只一年收入五十万美元。成了创汇大户，为家乡同胞的保护和研究提供了财源。

〔科技特使〕俺的外交使命顺时应变，刚过了两年，又荣获"科技特使"的桂冠，同国外合作搞科研，直到今天。研究什么生物学、兽医学、管理学的新理论和实践，要攻克遗传基因、人工繁殖、育幼护理等一道道难关，还有竹林品种的调研。俺这活化石简直成了动物世界里的物种旗舰。科研中生儿育女要归宗认祖，"海归派"也应时出现。

〔煞尾〕呀！风风光光几十年，俺祖孙几代形成了"海外兵团"，走进了四大洲十三个国家的动物园。成了所在国银幕上常盛不衰的演员，世界自然保护基金会会徽上俺的形象更显眼。经了些世面，享了些富贵，尝了些苦甜。俺则待同类们的生存发展，有一个更好的明天。

2009 年 10 月

生命之歌（自度组曲）

2010年3月28日，山西王家岭煤矿发生透水事故。153名矿工被困井下。4月5日，《中央电视台》现场直播当天救援实况，已有115名矿工生还。场面感人至深。我一面看，一面构思，连夜讴成这十首小令，以抒感怀。

（一）

井废，隐危。危起"老空水"，水袭高处退，退至尽头断路回。中央号令决胜威，三千人马救援随。

（二）

无明，无夜。井上音讯绝。大难当头心共结，死神召唤不言别，求生探路不休歇。把盏灯明灭。

（三）

携手，坚持。渴饮坑中水，饥餐木桩皮，井壁悬身防万一。自救八天八夜，创下生命奇迹。

（四）

上敲，下击。钻杆传来好消息。传下两封信，传上一铁丝。一声令下救人急，先遣队勘察到井底。

（五）

升井，升井。抬出一个个生命。千人沿路掌声鸣，喜极和泪送。难友眼遮曚，双手抱拳拱。

（六）

急救，急救。五座医院齐迎候。一人一辆救护车，医护仪器备床头。一人一个治疗组，部派专家献宏猷。

（七）

期盼，期盼。橙子画出一张张笑脸，摆在病床边。天使的祝愿，生命的礼赞。但等出院那一天。

（八）

牵挂，牵挂。入病房先给屋里拨电话。叫一声铁蛋儿娃，问一声二老爹妈，慰一会媳妇桂花，道一声"我想回家"。

（九）

开煤矿，常出事。预防瓦斯、冒顶、火灾、水害都是事。怕出事，偏出事。长此不出事，麻痹出大事。腐败肇祸寻常事，查封关闭等闲事，领导问责难济事。充耳悲听矿难事，采煤何日能久安无事？

（十）

悲惨，教训。教训焉能记取？记取几多生命，生命唤醒麻木。麻木不能再重复，科学预报开新路。

2010 年 3 月

暮年感言

耄耋之年，心发感言。

只有回顾，已无远瞻。

风雨人生，山高路险。

岁月无情，韶光苦短。

尚存一息，不费扬鞭。

夕阳辉映，光也粲然。

冬去春来，时轮永转。

寿有所终，水流不断。

逝莫嗟惜，来犹可探。

躬行尽瘁，瞑目无憾。

2012 年 8 月

晚　情

风吹晨雾散，雨歇暮云彤。

无意怜衰草，有心看落红。

新晴花着露，陈酿醉诗翁。

一首晚情曲，悠扬漫碧空。

2012 年 10 月

环球吟

HUANQIUYIN

亚　洲

日本

汉俳·友城友谊赛

　　1986年8月，随山西省体育代表访问日本埼玉县，双方进行了手球和柔道比赛。俳句源自日本，今以汉俳歌之，尤示中日友谊。

女子手球

（一）

奔跑飞如燕，

　　传球手技如穿线，

　　　　射门翻滚翩。

（二）

射门常诈伴，

　　假摔骗你莫商量，

　　　　喝彩漫球场。

男子柔道

（一）

国外挠羊赛①，

　　切磋技巧提高快，

友城搭擂台。

（二）

相争善计谋，

借力腾挪转己优，

坚刚不胜柔。

（三）

比赛靠拼搏，

甘甜汗水一样多，

输赢都是歌。

注①："挠羊"：忻州是摔跤之乡，当地人称摔跤为挠羊，赴日柔道队员多为忻州人。

互赠锦旗

（一）

谢仪东道主，

"友谊长存"作祝福，

淡看胜和负。

（二）

礼尚有来往，

"登峰造极"不敢当，

得势不逞狂。

浪淘沙·悼聂耳

1986年8月，山西省体育代表团出访日本埼玉县时拜谒聂耳墓。

鼙鼓似雷鸣，号角催征。高歌一曲壮军行。唤起同胞齐抗战，乐发心声。

时代总关情，石破天惊。不朽旋律世扬名。血肉长城今筑就，告慰英灵。

秋风清·谒聂耳墓

新长城，今筑成。绝唱永留世，何期托死生。炎炎仲夏垂君墓，此时此地心难平。

1986年8月

清平乐·札幌秀色

北门锁钥，札幌春迟到。支笏洞爷烟浩淼，森木悬崖环岛。指看远近山峰，宛如绿嶂连横。身立湖沼岸畔，赞叹景自天成。

注："支笏"、"洞爷"，均为火山形成的两大湖泊。

1994年4月

〔双调·风入松〕 碗子荞麦面

重访日本，在盛冈市尝"碗子荞麦面"。其吃法独特，每碗只盛一口量的面，吃一碗，盛一碗。女侍者喃喃细语，边盛边祝词，劝你多吃。最后谁摞的碗多谁是胜者。

荞面盛冈吃法特出奇，十碗未充饥。主宾同演餐中戏，味如何一口香知。侍者彬彬有礼，边盛边劝享食。

1994 年 4 月

〔越调·天净沙〕 赏樱

轻舟碧水和风，繁花艳丽绯红，芳草如茵翠葱。斜阳夕照，楼台倒影湖中。

1994 年 4 月

汉俳·樱花

（一）

乘风樱雪吹，

飘然过海九洲飞，

婀娜落翠微。

（二）

何处是乡关，

春风和煦樱花艳，

　　相思不尽缘。

（三）

花开终有期，

　　赏樱四月正当时，

　　　风吹雪满衣。

（四）

牡丹香醉人，

　　樱花吐艳正缤纷，

　　　欣逢两国春。

1994 年 4 月

蒙古

菩萨蛮·蒙古行

儿时爱赏秋棠叶[①]，成年困惑金鸡怯[②]。壮岁访蒙京，熟悉又陌生。春风拂大漠，南北收弓槊。旧史续新篇，亲和报晓天。

注①②："秋棠叶""金鸡"：指蒙古独立前后中国地图的形状。

1989 年 9 月

亲　缘

寻同不尽同，毕竟异邦风。

相见曾相识，亲情杯奶中。

1989 年 9 月

调笑令·吃烩菜

餐馆。餐馆。有嘴不能吃饭。手拿菜谱兴叹。诸位谁能点单？单点。单点。烩菜每人一碗。

注：蒙语"烩菜"与汉语同音同义，因翻译不在，无人识蒙语菜单，只好点烩菜。

1989 年 9 月

忆江南·一笑泯前非

今来也，昨日梦相随。曾记华侨遭被逐，人民友好愿相违。一笑泯前非。

1989 年 9 月

〔双调·阿纳忽〕华侨修鞋工

路边寒舍修鞋，客自故乡来。奉亲一杯牛奶，胞情笑盈腮。

1989 年 9 月

〔正宫·双鸳鸯〕蒙侨乡思

几度春光，几度秋凉，北雁南归望断肠。闻道故园开放好，他乡惆怅更思乡。

1989 年 9 月

〔正宫·汉东山〕 国际列车上见闻

车厢满负荷，包裹比人多。倒爷乐呵呵，挣钱也么哥。站台成交快如梭。开放啰，政策活，莫蹉跎。

1989 年 9 月

新加坡

胡姬花赞

千娇百媚花之国，最俏胡姬独一枝。
卓绝锦冠飞四绽，端庄清丽舞妍姿。

注："胡姬花"，新加坡国花。

1990 年 7 月

浣溪沙·新加坡河

开凿人工生命河，万商云聚似星多。一泓春水泛金波。

经济流通冠动脉。往来驳运快如梭。一船财富一船歌。

1990 年 7 月

天仙子·观鱼尾狮

鱼尾狮头浮碧水，一股清泉源出喙。星城标志坐沧浪，风姿美，流韵媚，对海听涛游客醉。

1990 年 7 月

黎巴嫩

贝市路遇感思

　　首次到贝鲁特，从机场去下榻处的路上，看到市区东西交界处当年内战留下的一片片残垣断壁和枪弹痕迹。同时也看到一些房屋底层的商铺已修复并开张营业。有感而发。

祸起当年阋墙怒，如今弹洞满危楼。

恩怨一笑随风去，重建家园忘昨忧。

1994 年 12 月

古　绝

东城时尚女，西城传统妇。

信仰崇自由，文明誉今古。

注：黎都贝特鲁，东城多为基督教徒，妇女穿着比较时尚。西城多为伊斯兰教徒，妇女穿着比较传统。

1994 年 12 月

贝卡谷地游

贝卡谷地是黎巴嫩粮仓、果乡，当地农家常以丰盛的烧烤待客。烟熏火燎，情意浓浓。

贝卡走廊今日行，粮仓囤满果蔬丰。

农家飨食问来客：可引烤鸭香谷中？

1995 年 6 月

蝶恋花·寻找《圣经》里的香柏树

雪染峰头山更绿。树影婆娑，风奏林涛曲。寻觅雪踪幽僻域，仰瞻香柏凝神瞩。

坚韧挺拔凌云淑。圣

洁图腾，品格清如玉。生命之躯非草木，傲然挺立擎天矗。

注：《圣经》"诗篇"里屡屡赞扬黎巴嫩的香柏树。

1995 年 6 月

一丛花·老西儿闯中东

不奔西口闯中东，万里越长空。大红灯笼又高挂，"北京楼"、生意兴隆。四海朋宾，欢声笑语，夜半兴方浓。

地中海岬沐春风，城在画屏中。垂花门立高楼下，喜东西、文化相容。方寸吧台，友情天地，三女嫁洋公。

1996 年 10 月

〔中吕·醉高歌过喜春来〕
山上棚庐餐厅

高山四季白头，雪水长年天际流。棚庐饭店沿渠有，生意兴隆依旧。这搭儿吃饭无醪酒，免费饮料甘甜取地沟，落地水烟袋帮你解烦忧。好奇来一口，消遣自悠悠。

1996 年 10 月

〔双调·新水令〕贝鲁特情趣

地中海岬嵌琼瑜，半城山半城平陆。山高知海阔，浪静觉风舒。古国灵都，曾有中东巴黎誉。

〔驻马听〕绿掩穹庐，点缀峰峦如画图；滨海长路，间隔山水似龙伏。渔舟客棹浪飞舒，鹭来鸥往飞俦侣。这搭儿韶光齐季姝，何须唤取春同驻？

〔清江引〕如地下天然水库，不雨山常绿。无云天自阴，峰润浮岚入。夏望雪山巅最酷。

〔滴滴金〕水抱青山，路随山转，人依山住。山阁上灯初。夜入山城，山风缓送，消闲山聚。别一番山国习俗。

〔揽筝琶〕地中海文明摇篮曲，唱盛一个古老的民族。巴拉贝克神庙遗迹尚存，还有腓尼基人创造的象形字母。闻名于世"留言崖"，战绩载岩石，文字奇书。芳躅。多元文化交汇处，今古兼蓄。

〔离亭宴煞〕依山傍水清幽处，人文历史名昭著，绚丽风光貌殊。怎生道路多风雨。内阋痛，刚痊愈，域外缘何又射弩？但愿国无忧，民安乐祈福。

注："留言崖"：不同时代的人以自己的智慧用楔形文字、象形文字、拉丁文字、阿拉伯文字等19种文字，在岩石上刻下的光辉战绩。

1996年10月

日光浴

海天一色白云霜，晴日常年照碧泱。

沐浴多招欧北客，花钱到此买阳光。

1995 年 5 月

虞美人·爱神之岛

爱神故里天仙岛，神话知多少。三千余载继流传，荷马莎翁文笔有遗篇。

踏寻美女升腾处，白沫漂如故。痴情救爱血流崖，从此漫山红遍地榆花。

注："爱神"，即维纳斯。

1995 年 5 月

〔越调·天净沙〕观尼科西亚市容

绮楼白屋青庐，地榆橄榄棕榈。看尽红妍绿妩。海边漫步，平沙细浪风舒。

1995 年 5 月

土耳其

跨海大桥

沧海晴空碧，风涛卷淡烟。

虹飞波影动，一步亚欧连。

注："一步亚欧连"句，大桥中间有一条亚欧分界线，故可一步跨两洲。

1996 年 11 月

武陵春·博斯普鲁斯海峡

古道峡长连四海，绵亘隔城都。山色波光风月纾。欧亚断行车。

飞架长虹南北接，天险化康衢。东往西来通有无，丝路贯终途。

1996 年 11 月

〔双调·驻马听〕巴扎室内集市

陆海通衢，古道丝绸交汇处；天堂购物，巴扎集市亚欧殊。密如蛛网巷街区，星罗棋布经商铺。曾记不？当年张骞出西域。

1996 年 11 月

伊斯坦布尔

悠悠数千年，四方人种聚。三帝国曾立京都，丝绸路尽多商埠。璀璨文明著。

〔滚绣球〕一城跨两洲，穿城海峡舞，扼亚欧要冲盘踞。岬角处多彩穹庐。那圆顶是教堂，尖顶是寺宇；高处有石碉堡，低处有木头别墅；还有那哥特式红瓦楼居。东西文脉兼收蓄，传统古今竞秀淑。蜿蜒老街衢。

〔倘秀才〕马车行、敲着点鼓，轻轨驶、低声细语。听浪观潮品烤鱼。青橄榄，绿芭蕉，飨食远来客旅。

〔醉太平〕三千座寺宇，宣礼塔千余①，蔚蓝穹顶世惟独②，庄严教府。唱经柔缓轻扬去，响钟深厚余音住，无言颂祷净心舒。消愁万缕。

〔煞尾〕形声并茂的风物，一幅立体城市画图。血火烙印的帝国更替，碰撞发展的宗教兴衰，交糅兼蓄的文化习俗。一卷长书阅今古。

注①：伊斯坦布尔有清真寺3000余座，为世界之首；有宣礼塔1000多座，誉称"宣礼塔城"。

注②："蓝穹顶"，即世界著名的苏丹艾哈迈德清真寺，别称"蓝色清真寺"。

1996 年 11 月

非 洲

埃及

夜乘邮轮赴埃及

地中海上去归来，晚别黎都早抵埃。
向夜游船飞渡月，尼罗河畔久徘徊。

绮罗香·参观埃及博物馆

懵懵天阊，冥冥地阁，幽洞阴森碑碣。神秘兮兮，法老后妃宫阙。金棺里丑陋遗骸，木乃伊残留毛发。殉葬品无不珍奇，形容达意必称绝。

时光隧道穿越，惊叹凡人智慧，赫赫光烨。岁月悠悠，尘世几千年别。古帝国几度辉煌，转瞬间灰飞烟灭。曾留下多少谜团，至今笼墓穴。

1995 年 5 月

〔双调·折桂令〕 埃及金字塔

尼罗河千古涛喧。漫天大漠茫茫，立地"金"字连连。一座座"金"山屹立沙丘，一束束"金"光射向平地，一柄柄"金"锷刺破青天。奴隶们舍身智献，只为那几个法老长眠。尘封近五千年，神秘悠悠，留下多少谜圈。

1995年5月

〔中吕·喜春来〕尼罗河

尼罗流碧黄沙里，长比天河旷世奇，棕榈两岸映涟漪。丰乳汁，哺育古埃及。

1995年5月

毛里求斯

海滩观珊瑚

滨海清浅碧澄明，锦边如绣岛环萦。
水晶宫内花千树，梦里游仙也不曾。

1990年7月

桂枝香·甜岛

问谁言妙，后造伊甸园，先造毛岛①。海上明星璀璨，要冲金钥②。镜中斑斓珊瑚美，兀峰间、茶隼盘绕③，碧天如水，椰林鸟啭，鸥啼争巧。

紫纱帐、茫茫杳渺。糖贮港盈仓，远洋商俏。甘蔗支撑大厦，聚财弘道。黝石见证垦荒初④，黑奴流汗知多少。国安民富，心香口蜜，誉称甜岛。

注①：借用美国作家马克·吐温"上帝先创造了毛里求斯，再创造了伊甸园"句。
注②："明星"、"金钥"：毛里求斯国徽绶带上写着"印度洋上的明星和钥匙"。
注③："茶隼"，毛里求斯的珍禽。
注④："黝石"，当初垦荒者移石造田，将石块堆在蔗田旁，日久黝黑发亮。

1990 年 7 月

〔越调·小桃红〕
毛岛晋港合办制衣厂

改革开放暖风吹，外贸先优惠。出口服装配额贵。两相催，择邦合作如心遂。一家斥资，一家出力，毛岛一齐飞。

注：当时毛里求斯服装出口欧美无配额限制。

1990 年 7 月

〔中吕·满庭芳〕 浮游印度洋上

茫茫渺渺。珊瑚海岸，媚媚娇娇。太阳已被浮云罩，白擦了防晒脂膏。玩踩水生怕扎脚，扎猛子又怕伤礁。别哄笑，这洋相还头一遭。只抱憾这万里迢迢。

1990 年 7 月

马达加斯加

阿劳特拉湖畔

水阔人孤寂，高原草木深。
天然景奇特，不见斧工痕。

1990 年 7 月

望海潮·马达加斯加

1990 年 7 月，从毛里求斯到马达加斯加考察，对马岛突出的印象是：未经现代化洗礼的原生态风貌，一个与世隔绝的奇特的生命世界。

才离轻舸，旋登航母，当今诺亚方舟。晨露未晞，山城叠翠，华尼拉味香稠①。雾聚落潭秋。无灯管行路②，鞋示钱兜③。市井田园，草木虫鸟竞风流。

野生生命珍留。看万千物种，淘劣存优。长翼海雕，攀援巨獴，祖生长尾狐猴。祈富敬神牛。蓄水面包树，可啜清喉。世外桃源，绝奇神秘乐悠悠。

2005 年 10 月

马岛面包树

〔双调·驻马听〕 阿劳特拉湖

湛湛蓝天，猛隼苍鹰盘比高。静静湖水，船夫旅客友相交。鹭鸥银影掠波叼，鹏鹠彩羽沉浮闹。游兴未了，饥肠奏曲催归棹。

1990 年 7 月

澳　洲

澳大利亚

随企业赴澳推销

走遍东西南北中，推销产品质难攻。越洋取得真经在，来日登峰一役功。

1988 年 6 月

减字木兰花·达尔文印象

北方门港，澳亚相邻隔海望。文化交融，华裔焚香列圣宫。

小城寻迹，二战风云曾洗礼①。百五年前，物种探源有巨篇②。

注①：达尔文市是澳大利亚在二战期间唯一经过战争洗礼的城市，曾为盟军驻地，遭日军轰炸 64 次。

注②：达尔文市因英国著名生物学家达尔文曾到此考察而得名，1859 年达尔文发表了生物进化论巨著《物种起源》。

1988 年 6 月

〔仙吕·醉中天〕 白蚁冢

似墓未曾埋骨，似山草木皆无。百万雄兵筑邑都，敲击声如鼓。蚁冢也能招客旅。北方门户，大漠奇景犹独。

注："北方门户"，指达尔文市。

1988 年 6 月

〔越调·天净沙〕
塔斯马尼亚岛

翠岩峭壁悬崖，惊涛拍岸飞花，农舍安闲秀雅。山泉高挂，澳洲尽处天涯。

1988 年 6 月

〔中吕·喜春来〕
参观露天铁矿开采

两拓撑起脊梁骨，财富露天民富足，熔身成铁入冶炉。矿业交响曲，独奏仰天舒。

注："两拓"，即澳大利亚力拓公司和必和必拓公司两大矿业巨头。

1988 年 8 月

〔中吕·喜春来〕
有感出国促销

开拓市场强拼竞，南北东西天下行，品牌优势促人醒。学会生意经，换代启新征。

1988 年 6 月

〔正宫·小梁州〕淘金梦

1998年8月，随团赴澳大利亚考察矿山设备，几曾见到华工淘金遗址。据有关资料介绍，在19世纪后50年的时间里，经常有数万华人在澳淘金，最多时达10万人。在墨尔本附近巴拉瑞特的素芬山有一座建在原金矿遗址上的露天博物馆，再现了19世纪60年代淘金高潮期间的历史风貌。其中包括华人居住的村庄、房屋、关帝庙、酒店和杂货铺等。爱赋小令咏之。

羡财隆盛梦相随，追梦南飞。巴拉瑞特泪常垂。青云坠，有几鼓囊回？〔幺〕华工血泪淘金史，疏芬山、再现遗迹。灵位存，先人祭。身留《遗训》①，教有后人知。

注①：《遗训》：此指华工谭仕沛亲自口述、请人代写的《阅历遗训》。书中真实记录了他偕父弟赴澳淘金的苦难经历。

1988年8月

新西兰

风帆之都

洗练晴空海港湾，千帆竞发碧漪涟。
五颜六色金光闪，划破滨城周末天。

1988 年 7 月

白云之乡

此是白云乡，清波连碧浃。
踏茵原野里，草色间牛羊。

注："白云乡"，即毛利语"新西兰"之意。

1988 年 7 月

卜算子·放牧

铺翠草原茵，蓝色文明淑。琼岛田园景致奇，半壁江
山牧。

天上白云飞，地上羊群逐。不用扬鞭任奋蹄，绿野留
蹄躅。

1988 年 7 月

〔双调·骤雨打新荷〕
新西兰景观

草木葱茏，又繁花似锦，妩媚奇独。太平洋上，两块绿宝珠。傍水依山栋宇，翠丛显、层叠红屋。更看那，花篱为院，隔树邻居。

地上羊群去远，靠空中放牧，遥控车逐。碧茵原野，谁织白云图。北岛温泉遍地，仰头看、井喷如柱。恰又似，平地飞泻瀑布，奇景丽姝。

1988 年 7 月

〔双调·大德歌〕
奥克兰海滨小镇

天上白云，地上羊群，千帆舣海滨。日落时访民居小镇，只闻涛声不见人。走街串巷难询问，独自立黄昏。

1988 年 7 月

欧　洲

苏联

西伯利亚木屋

一片桦林背夕阳，匆看木屋小村庄。
古朴典雅旧时貌，时尚素华新扮装。
冬暖夏凉自调节，风吹雨打任逞狂。
莫言材大难为用，横竖支撑作栋梁。

1989 年 9 月

满江红·贝加尔湖怀古

1989 年 9 月过贝加尔湖，思越两千年前，有感而发。

浩淼无垠，深无底、寒澄净渌。风骤怒、浪悬归棹，涛推豹窜。莽莽遥山环抱月①，滔滔近水低飞鹄。野苍茫、白翠染丛林，浮岚沐。

思往事，寻芳躅。忆苏武，囚藩束。纵长扶汉杖，断书孤牧。耿耿丹心持节义，铮铮铁骨知荣辱。卫吾华、万里古长城，忠魂筑。

注①："环抱月"：贝加尔湖长 600 余公里，形似弯月，别称"月亮湖"，周围群山环抱。

2005 年 10 月

〔正宫·塞鸿秋〕伊尔库茨克风光

贝湖万里蓝如靛,桦林沿岸白如练。沙鸥起舞轻如燕,飞鸿列队形如线。镂花木屋居,红叶青山遍。西伯利亚离犹恋。

1989年9月

俄罗斯

北国秋思

世界风云变幻惊,南归寒雁唤悲声。

三年两次同游地,一样蓝天两样情。

注:1989年9月访问前苏联,1992年访问俄罗斯。

1992年10月

谒列宁墓感赋

(一)

岁月无情梦幻般,秋声瑟瑟水云寒。

突来风雨狂飙袭,十月黄花一日残。

(二)

一丛马列求真理,革命何曾怕断头。

忍看江山颜色改，伊人夙愿付东流。

（三）

得人心者得春秋，信水浮舟亦覆舟。

哀而鉴之哀不再，碰头回转又从头。

（四）

一路追随识去踪，落花时节谒尊容。

斯人已去旗仍在，且望群山第一峰。

1992 年 10 月

采桑子·红场谒无名烈士墓

1989 年 9 月曾访问前苏联，三年之后又访问俄罗斯。感慨颇多。

三年两次同游地，上次来秋。今又来秋。昨夜西风又说愁。

墓前瞻仰心凝重，欲去还留。难解心忧。冷战思维何日休。

1992 年 10 月

〔小石调·天上谣〕红场遐思

日月共天长，世事多跌宕。昨为同盟友好邦，瞬息兄弟阋于墙，转回邻里又重光。几经风雨，红场依旧，过客迷茫。我自摸着石头过河，环球东方亮。

1992 年 10 月

〔越调·寨儿令〕
阿芙乐尔号巡洋舰

停在老地方，还是旧时装，依然对着冬宫眺望。大炮高扬，瞄准前方。涅瓦河碧水流长。那段路依然发光，那炮声永远难忘。经狂风暴雨，领悟世情常。伤，巨舰应无恙。

1992 年 9 月

〔正宫·白鹤子〕
站在欧亚分界线上

日行千里路，何处是天涯。足踏小寰球，一步双洲跨。

1992 年 9 月

〔双调·水仙子〕水城圣波得堡

七十条河流织网又穿梭，三百座长桥虹卧波。滔滔涅瓦穿城过。环游争泛舸。水茫茫、澄碧清濯。我独自悠闲坐，听舷发棹歌，一曲醉长哦。

1992 年 9 月

乌克兰

长相思·参观巨型雕塑团结环

团结环，团结环，绮丽飞霞弓满天，大河映日圆。
彩虹炫，彩虹炫，岸畔风光亮眼前，犹如画里看。

1992 年 9 月

基 辅

第聂伯河一明珠，自然林木倾城姝。
花园都市沁人醉，余辉尽处树栖鸟。

1992 年 9 月

〔双调·清江引〕保尔故居

相知保尔始知乌克兰，四十年后凝眸看。历经风雨袭，仍见阳光灿，《钢铁》烈焰犹在眼。

1992 年 9 月

芬兰印记（三首）

千岛国

琼珠映碧波，岛屿似星罗。

沧海千峰立，湖湾水道多。

日不落城①

子夜朝霞出，戌时看落晖。

年年临仲夏，不见月明归。

桑那浴

家家小木房，洗浴入天堂②。

冷热交相激，延年益寿长。

注①：芬兰首都赫尔辛基，地近北极圈，夏日昼长 20 个小时。
注②：芬兰民言："桑那浴是天堂的入口和地狱的出口"。

1993 年 6 月

巫山一段云·赫尔辛基奇观

千岛淹湖海，珍珠荡碧波。蜿蜒水道绕峰过，舟行似穿梭。

冬昼灯为伴，暑天夜色赊。相争日月耐蹉跎，游兴发长歌。

1993 年 6 月

〔双调·碧玉箫〕 芬兰景观

岛屿似星罗，数不清的大小湖泊；水道港湾多，流不尽的横竖城河。翠林云雾锁，浩天发棹歌。极光奇彩抹，电闪穿林掠。哦！仲夏半夜夕阳卧。

1993 年 6 月

〔仙吕·醉扶归〕 芬兰季候

长夜长昼交相替，冬去夏回归，扭捏春秋露面稀。冰雪讨人醉，明媚娇阳宝贵。偶见极光美。

1993 年 6 月

德国

柏 林 墙

众志推平冷战墙，东西共举手中觞。
春秋自古民心铸，历史潮流顺者昌。

1999 年 11 月

杏花天·沉思

犹太人墓感赋。

高低起伏英灵萃，正对着、威严议会。仿佛谏诤倾言说，记住当年纳粹。

知罪者、代过下跪，掩罪者、神坛祭鬼。同为战败东西国，真伪人心向背。

〔黄钟·煮刺古〕勃兰登堡门

仰勃兰登堡门，展历史风云。盛衰荣辱目瞋，忧国也忧民。分离千古恨，统一人心奋。共处长存，抚琴举樽。史鉴真，镇国门。

1996 年 11 月

〔大石调·念奴娇〕瞻仰马克思恩格斯塑像

伟人已去，颂光辉思想千秋长烨。照亮瀛寰风雨路，暴雨袭过还热。经典长青，与时俱进，真理堪评说。创新发展，领中华唱新阙。

法国

参观卢浮宫中国馆感赋

荟萃文华眼界开，神州馆内久徘徊。
万千珍宝倾言诉，被劫离乡到此来。

柳梢青·埃菲尔铁塔

瘦骨嶙峋。束腰叉立，俊秀温存。高大身材，端庄出众，不落俗尘。

百年烟雨风云，更显得、安祥出神。携侣今游，登临送目，淑景良辰。

破阵子·巴黎圣母院

艺术天堂石筑，钟楼耸立凌云。历代国王檐下站①，雕塑奇功妙夺真。巍峨望极尊。

光彩射来梦幻，湮声净化灵魂。一部石头交响乐②，历史音符记忆深。尊称智慧人。

注①："历代国王"：即分别代表以色列和犹太国国王的二十八尊雕塑。
注②："石头交响乐"：引用雨果语。

1996 年 11 月

〔正宫·小梁州〕 凯旋门追思

凯旋门外久留连，浮想联联翩。大革命人权维护有《宣言》，拿破仑治国成经典，"巴黎公社"似雷喧。

〔幺〕当年巴黎和会不公龙嗔怨，天安门"五四"巨澜掀。有精英在列强面前敢说"不"，拒签对德和约符民愿。外交智慧，历史鉴今天。

1996 年 11 月

荷兰

拦海大坝

郁金香沁百花冠，古老风车童话般。

弗列弗兰曾为海，叶轮旋转水抽干。

长堤分割平湖出，新岸路通天地宽。

功载阿夫鲁戴克，低洼王国世奇观。

注①："弗列弗兰"是拦海造地而新增的一个省。
注②："阿夫鲁戴克"是拦海大坝的中文译音。

1996 年 11 月

忆江南·荷兰

花之国，艳色觉春狂。万紫千红迷醉眼，一枝争看郁金香。丽质冠群芳。

1996 年 11 月

忆余杭·凡高神韵

嗜画葵花，追逐光明和理想，一生不改向阳心。痴爱感知深。

怪人常有天才质，俗见难于辨真伪。史为明镜鉴高

画堂春·参观风车村

蜿蜒曲折小溪旁，岸边芳草清香。浮桥松屋绿轩窗，古韵流长。

相伴探寻陈迹，昭彰昔日辉煌。风车木屐小作坊，今世无双。

1996 年 11 月

〔越调·天净沙〕
阿姆斯特丹水乡

运河街巷流淌，矮楼尖顶轩窗，俊俏游船荡桨。彩桥飞架，近闻沿岸花香。

1996 年 11 月

〔中吕·醉高歌〕风车抽水

风车有韵无声，童话千般幻影。筑堤抽水波涛静，转出桑田万顷。

1996年11月

比利时

凭吊滑铁卢古战场

(一)

历史长河纵浪中，兴亡成败转成空。

风云叱咤功名在，盖世英豪鬼亦雄。

(二)

忍看孤峰卧铁狮，眼睛盯住法兰西。

当年战绩随风去，《法典》①长留治国齐。

注①：《法典》，即《拿破仑法典》。拿破仑自述："我的伟大不在于我曾经的胜利，滑铁卢一战只使它随风而去，我的伟大在于我的法典，它将永远庇护法兰西的人民享受自由。"

1996年11月

南歌子·观小尿童雕塑

没有人鱼美，弗如大卫雄。救民救国小灵童。形像一尊胜过说教空。

1996 年 11 月

〔双调·折桂令〕
比利时观看原子球博物馆

博物馆不见墙围。九个银球，一体凌飞。八角相连，四方对接，密闭无扉。圆筒内人扶电梯，圆球内展品云集。设计新奇，原子模型，气势宏伟。

1996 年 11 月

〔南吕·金字经〕拿破仑

滑铁卢一战，一流将军败于二流将军之下，拿破仑从此结束了自己的政治生命和军事生涯。比利时把一个失败者的塑像立在自己的国土上，气度非凡。这是对历史和历史人物的尊重。

帝王将军帅，豪杰中
怪杰。滑铁卢惜一役别。
别，人别心未别。金光烨，
倒下反比站着更高些。

1996 年 11 月

卢森堡

宪法广场看峡谷

冉冉日高悬，秋林含翠烟。
拱桥横峡谷，水墨画屏前。

1996 年 11 月

走街串巷

楼台花外窗，沿路更闻香。
深巷闲雅静，游人醉异乡。

富强小国（四首）

何满子·大峡谷

峡谷城中横卧，彩桥凌架霞飞。两岸繁华都市，丘峦烟翠河逶。远眺斑驳红壁，映山同绿争辉。

章台柳·千堡之国

卢森堡，称千堡，嵌入强邻扼险要。凿石开挖地道网，自古明箭暗抽鞘。

南乡子·钢铁大国

象被蛇吞，产钢人均六万吨。小国匹侪堪大国。奇迹。均富欧洲称第一。

忆王孙·金融强国

袖珍之国大门开，多国银行充小街。中立经营城信佳。富民牌，不尽财源滚滚来。

1996 年 11 月

﹝越调·天净沙﹞观光（二首）

（一）

小城深巷人家，古楼窗外鲜花，幽静安详俊雅。斜阳西挂，骄看落日飞霞。

（二）

森林峡谷城河,长虹飞架烟波,两岸繁都翠锁。叶飞寥落,月明树影婆娑。

1996 年 11 月

希腊

摊破浣溪沙·巴特农神庙

雅典卫城独秀峰,追寻古庙巴特农。希腊文明奇瑰宝,世称雄。

不见女神雅典娜,唯留残柱望长空。万物废存无足问,惜匆匆。

1996 年 11 月

鹧鸪天·古体育场

体育文明溯本源，奥林匹亚独尊先。祭神竞技从兹始，圣火长明次递传。

奇景壮，缺难圆。残垣断壁向青天。当年跑道留踪迹，甬路犹存且慢看。

1996 年 11 月

〔正宫·醉太平〕
有感希腊神话 （一）

不朽魅力，甜美琴诗。人生苦难屡相逼，解救神话知。真诚者惊悟世间真谛，虚伪者无讨价之余地，贪婪者迟早收获蒺藜。斯言戒矣！

〔双调·水仙子〕
有感希腊神话 （二）

英雄是神话了的人，神是凡人的化身，云空遥隔情相近。性同形也真。只是神人不可姻亲。天条狠，别世尘，违者逃遁无门。

〔双调·七兄弟〕
有感希腊神话（三）

格言，名言，史诗传。三千年锤炼成精典。人民智慧结晶篇，纯朴哲理藏书卷。

〔商调·梧叶儿〕
有感希腊神话（四）

知希腊，神话多，源自古文学。车船载，牛马驼，一拣一筐箩。爱琴海文明硕果。

1996 年 11 月

奥地利

音乐之邦

形如一把小提琴，音乐之邦四海钦。
岁岁年年元夕夜，飘来云外九霄音。

注：奥地利地图像一把平放的小提琴。

1993 年 4 月

渔父·萨尔茨堡

阿尔卑斯韵满山，音律悠扬漫平川。

钢琴曲，乐骈阗，鸣奏都城紫陌间。

注：萨尔茨堡市，是音乐家莫扎特的故乡。

1993 年 4 月

相见欢·聆听水奏鸟鸣曲

维也纳皇家花园一人工洞内，潺潺流水发出 26 种鸟鸣声音，不愧为音乐名都。

洞中漫出清流，荡悠悠，拨动琴弦鸣奏鸟喧啾。

小溪曲，吐芬馥。伴君游，音乐之都自是唱名讴。

1993 年 4 月

〔黄钟·醉花阴〕 维也纳

音乐之都久钦仰，跨海今朝愿偿。起伏三面绿波扬，多瑙河碧水流长。壁立青山帐，更历史悠长，今古文明奇共赏。

〔喜迁莺〕欧洲心脏。马车行沿路观光，不辨城乡。建筑典雅时尚，肃穆庄严大教堂，精美雕塑像。花园城市，绿野风光。

〔刮地风〕这里是音乐奇才的故乡，天下名张。世界大师在此登台亮，声震誉圜方。近闻琴响，远山回荡，风在吟，花沁香，水流伴唱。华尔兹，舞曲扬。真个是音乐天堂。

〔四门子〕环城盖岭青屏障。密林里、老村庄，磨房水井泉流淌。小酒馆、木头房。全都是，旧模样。奇才奏出新乐章，《故事》①中，浩歌扬。大自然诗情韵藏。

〔尾声〕多瑙河之女神相②，展旧容也扮时妆。一路走来心荡漾。

注①：《故事》，即施特劳斯的乐曲《维也纳森林的故事》。
注②："多瑙河之女神"，指维也纳。

1993 年 5 月

丹麦

安徒生

毕生精力付儿童，寓意希望幻想中。
憧憬未来新一代，烛光霞缕映天红。

1996 年 12 月

〔双调·胡十八〕 过境哥本哈根

值暮景，访丹京。逛夜城，到三更。难为囊涩罢餐厅。过境，过境也不枉此行。明日人鱼待游幸。

1996年12月

虞美人·美人鱼

海天端坐神娴静，鱼尾人形影。蹙眉忧郁为谁哀，翘盼心中王子远归来。

世间多少痴儿女，敢问情何物？人鱼大雁觅知音，常忆安元中外两同心①。

注①："安元"即安徒生和元好问。前者著有《海的女儿》，即美人鱼；后者著有《摸鱼儿》，颂殉情雁。

1996年12月

美 洲

美国

自由女神像

人类生存竞自由，古来征战未曾休。
崇高理想都期盼，利益为先各所求。

1985 年 9 月

美国越战纪念碑

覆车当记在他邦，五万亡灵黑色墙。
敏感神经常触动，悬崖未勒征马缰。

注："黑色墙"：越战纪念碑为黑色大理石砌成的一面墙，故称黑色墙。

1985 年 9 月

参观美宇航馆感赋

火箭风筝念梦灰，太空长恨未争魁。
卫星昨夜升苍昊，何日人同皓月偎。

注："火箭风筝"，宇航馆大厅有中国火箭和风筝模型，并说明是人类最早的飞行器。

1985 年 9 月

应天长·首出国门

去国陪团飞纽约，俯瞰方知沧海阔。太平洋，今跨越，历史翻开新一页。

兴方浓，歌未阕，正是龙腾时节。朝出翱翔晚歇，半球东西接。

1985 年 9 月

〔黄钟·人圆月〕 纽约之夜

花花世界无眠夜，窗外望星空。一轮楼月，摩天灯火，明灭霓虹。

〔幺〕市井喧闹，露天摇滚，飞盖声隆。他乡异客，今宵枕上，梦与谁同。

1985 年 9 月

〔正宫·小梁州〕 德克萨斯州寻友

纽约孤身到德州，一路离忧。小城寻友"北京楼"。人依旧，入主不随流。

〔幺〕当年海外关系紧箍咒，今开放、君已白头。身在外，心宽宥。至今念祖，不忘补金瓯。

1985 年 9 月

苏里南

帕拉马里博之歌

纵横流水穿城过，四季如春珍木多。
原始雨林游点热，帕拉马里博之歌。

注：帕拉马里博是苏里南首都。

2002 年 10 月

侨社广义堂

赤子之家在异乡。唐人街上自称帮。
广联声气财源盛，义冠华洋贸易昌。
服务侨胞倾殚力，热心公益保安康。
休闲娱乐高朋座，佳节相逢共举觞。

注："广联声气"、"义冠华洋"是广义堂正门上的一副对联。

2002 年 10 月

满庭芳·苏里南

北大西洋，加勒比海，纵横水域涟涟。风调雨顺，四季百花妍。夜静鸟鸣自乐，怎分得、天上人间。朝阳出，烟波江上，轻泛打渔船。

悠然。天赐予，不愁食宿，更不愁缺穿。活得满潇洒，穷得心安。非是苍生无计，谁引领、渡过萧关？人长此，无忧无虑，怎会夜无眠？

2002 年 10 月

〔中吕·山坡羊〕 苏里南印象

(一)

大西洋畔，林丰称冠。风调雨顺春常伴。足游观，味辛酸。万民嗟叹人心乱，贼胆瞬间缠万贯。兴，众望官；衰，民怨官。

(二)

孤鸿飞远，华人常怨。他乡创业心常颤。命相牵，苦相连。铁窗交易司空见①，业主自囚临客前。没钱，受熬煎；有钱，心吊悬。

注①："铁窗交易"：苏里南社会治安极差，华人经营的餐馆、金店都用铁栏杆把业主和顾客分开，以保安全。

2002 年 10 月

附录：

从赵朴初的自度曲探讨散曲继承与创新的发展方向

赵朴初先生不仅是我国著名的社会活动家，杰出的爱国宗教领袖，而且是名重当代的书法家、韵文大家。1961 年，作家出版社出版了他的第一本诗词曲选集《滴水集》。1978 年，人民出版社出版了他的第二本诗词曲选集《片石集》。在他去世三年后，上海古籍出版社出版了《赵朴初韵文集》（以下简称《韵文集》）。此集收录了自 1927 年至 1999 年他所写的不同体式的韵文 1985 首,另附《无尽意斋对联存稿》一卷，收对联 279 副。韵文中散曲约占近十分之一，包括小令、带过曲、套曲 80 多首（套），其中标明为"自度曲"的创调之作有 19 首（套）。另据"编辑出版说明"，还有少数作品似为自度曲而作者未在原稿上标明，故未代加"自度曲"三字。

赵朴初的自度曲激活了散曲

朴老的韵文，无体不试。五言、七言自不必说，三言、四言、六言也可谓得心应手。古体诗、近体诗、词、曲、汉俳以及杂诗、新诗诸体，皆走笔自如。禅诗、偈语更是他的当行。无论感时喻事、咏史评艺、记事纪行、题赠酬答，尽可信手拈来。在语言风格上，简洁明快，直抒胸臆，爽然上口，声调自好。他的诗作质朴自然，不做作，不艰涩，不拘体裁，独具一格。他笔下的诗、词、曲皆精，犹以散曲传神。

朴老一生除写过《如果泰戈尔还在》、《胡兰子》、《游石林》等几首新诗外，主要是写传统诗词，散曲是从1959年才开始试笔。这年5月，他由北京飞莫斯科，转赴斯德哥尔摩参加国际和平会议，随身带了一本元人散曲选集《太平乐府》，浏览之后，忽生一念，试吟散曲小令。于是吟出了他的第一首散曲《寿阳曲》：

> 垂天翼，负朝阳，九千公尺高空上。雪一般白云
> 儿似海洋，又一次乘风破浪。

吟毕，随手抄在香烟纸上，接着又吟起第二首、第三首。待到达目的地时，接连写了《寿阳曲》、《天净沙》、《柳营曲》、《醉高歌带过朱履曲》等八首小令。回国后不久，正逢"七一"节和国庆十周年，朴老继续用"曲"来庆祝党和国家的大典。他说："这是一个有点近乎冒失的尝试。但结果证明'曲'这种诗体也是可登'大雅之堂'的。在此之后……为了反对现代修正主义和霸权主义，我曾多次试用'曲'作为愤怒声讨的工具，结果证明它比较能够胜任"。

朴老从1959年5月写第一首散曲到1963年10月开始创作《某公三哭》之前三年多的时间里，共创作了68首小令和带过曲，占同期韵文作品的三分之一还多。值得注意的是，这

期间有几首未标明是自度曲的疑似自度曲。实为他写《某公三哭》之前的试笔。如《金轮引·电车女驾驶员》：

> 转金轮比下了武则天，跨明驼赛输了花木兰。你看她轰轰闪闪奔雷电，稳稳端端掌舵盘。循环双线牵，往复千街远。这一站，那一站，载行人日日千千万，夸不尽车如流水长安道，别忘了多谢辛勤驾驶员。

经过这一段时间的摸索，在娴熟地掌握了散曲这种表达形式之后，朴老的散曲创作迎来了丰收季节。尤其是他的"自度曲"，使散曲的继承和发展达到了一个新的高度。他说："经过一段时间的尝试，受到了许多同志的鼓励，愧感之余，渐渐又产生如下一种想法：既然不再是为'配乐'而写曲，既然撇开了种种为'合乐'而制定的传统曲律，那么又何必非沿用传统'曲牌'不可呢？于是我尝试着自定调式，自定调名，姑且名之曰'自度曲'。"

朴老说："在传统各种诗体中，'曲'是最能容纳那种嬉笑怒骂、痛快淋漓、泼辣尖锐的风格的。"而最能体现这种风格的是那些被他称之为"俳谐体"的讽刺类作品。如《某公三哭》、《反听曲》、《故宫惊梦——江青取经》（套曲）等。其中影响最大的自然是那套脍炙人口的《某公三哭》。

1963年11月，朴老参加全国政协第三届四次会议期间，传来美国总统约翰·肯尼迪被刺杀的消息。当时国际政治舞台上有"三尼"之说：约翰·肯尼迪，一尼；苏共第一书记尼基塔·赫鲁晓夫，一尼；印度总理尼赫鲁，一尼。这三尼气味相投，对中国都不友好。肯尼迪死了，朴老自然会想到，赫鲁晓夫该伤心了。这样，一首《尼哭尼》曲在朴老的脑海里逐渐形成了（限于篇幅，只能摘要引录）：

〔秃厮儿带过哭相思〕我为你勤傍妆台，浓施粉黛，讨你笑颜开，抛离骨肉，卖掉祖宗牌。……真奇怪，明智人，马能赛，狗能赛，为啥总统不能来个和平赛？你的灾压根儿是我的灾。上帝啊！教我三魂七魄飞天外。……血泪儿染不红你的坟台，黄金儿还不尽我的相思债。我这一片痴情啊，且付与你的后来人，我这里打叠精神，再把风流卖。

事有凑巧，1964 年 5 月，在约翰·肯尼迪死后半年，尼赫鲁死了。印度在 1960 年制造中印边界武装冲突后，赫鲁晓夫发表声明，偏袒印度。尼赫鲁的死，对赫鲁晓夫来说，无异于兔死狐悲。所以朴老又一首《尼又哭尼》问世：

〔哭皇天带过乌夜啼〕掐指儿日子才过半年几，谁料到西尼哭罢哭东尼？上帝啊，你不知俺攀亲花力气，交友不便宜，狠心肠一双拖去阴间里。下本钱万万千，没捞到丝毫利。……"人生有情泪沾臆"。难怪我狐悲兔死，悲切心脾。……你留下的破皮球，我将狠命的打气。……你且安眠地下，看我鞠躬尽瘁，死而后已。呜呼噫嘻。

1964年10月14日，勃列日涅夫等把赫鲁晓夫赶下了台。赫鲁晓夫下台后，苏共新领导表示，在国际共产主义运动和对中国问题上，他们和赫鲁晓夫没有一丝一毫的差别。针对这一立场，11月21日，《红旗》杂志发表社论，揭露勃列日涅夫、柯西金等执行一条没有赫鲁晓夫的赫鲁晓夫主义。看到这篇社论，朴老又写了《尼自哭》：

〔哭途穷〕孤好比白帝城里的刘先帝，哭老二哭老三，如今轮到哭自己。说起也稀奇，接二连三出问题。四顾知心余几个，谁知同命有三尼？……泪眼儿望着取下像的宫墙，嘶声儿喊着新当家的老弟，咱们本是同根，何苦相煎太急？分明是招牌换记，硬说我寡人有疾。货色儿卖的还不是旧东西？俺这里尚存一息，心有灵犀。同志们啊，还望努力加餐，加餐努力。指挥棒儿全靠你、你、你，耍到底，没有我的我的主义。

这三首曲子，虽写在不同时间，却产生一气呵成的效果。很快这套曲子传到了毛主席手上。

1965 年初，苏联部长会议主席柯西金将访华，毛主席说："柯西金来了，就把这首散曲公开发表，作为给他的见面礼"。公开发表前，毛主席将原来的标题《尼哭尼》、《尼又哭尼》、《尼自哭》分别改为《哭西尼》、《哭东尼》、《哭自己》，又写了"某公三哭"四个大字作为总标题，让《人民日报》发表。

"文化大革命"中的三首《反听曲》，当时曾以手抄本的形式在群众中流传。现仅举其二：

反听曲之一：

听话听反话，不会当傻瓜。可爱唤作"可憎"，亲人唤作"冤家"……君不见"小小小小的老百姓"，却是大大大大的野心家，哈哈。

反听曲之二：

听话听反话，一点也不差。"高举红旗"，却早是黑旗一片从天挂。……大呼"共诛共讨"的顶呱呱，谁知道，首逆元凶就是他。到头来，落得个仓皇逃命，落得个折戟沉沙……这才是，代价最小、最小、最小，收获最大、最大、最大，是吗？

毋庸赘言，大家一看便知道笔锋所指是谁。

朴老笔下的这些讽刺类作品，寓辛辣于诙谐之中，亦庄亦谐，美刺并茂。语言尖刻泼辣，入木三分，寓意深刻，又思致高远。实为描写反面人物的高手。

除讽刺作品外，朴老的大部分"自度曲"都是感时喻事，歌颂新时代的新事物和新思想。

1976年国庆节，周总理、朱委员长、毛主席相继去世，朴老以"自度曲"吐述心声，写了一首《永难忘》。篇幅较长，没有自制曲牌，却分了五段。扼要摘录如下：

> 吉日辰良，高秋气爽，朝阳万里山河壮。年年一样好风光，只今日心情两样。/一弹指，九回肠，二十七年前事永难忘。……"中国人民站起"洪钟响，地动天惊慨以慷。……/今与昔，试评量。……不是红旗卷起农奴戟，不是金猴奋起千钧棒，不是导师领导有宏纲，怎能得万古乾坤改向？/廿七年又见几沧桑……看铁人吼翻了黑龙江，看愚公改造了狼窝掌，赤脚仙提起了神农百草箱，工农兵涌进了学府尊严九仞墙。……遍人寰风雷激起排天浪，问霸王还能几日狂。/源头溯大江，一切归于党……庆国庆，更悲伤，念缔造艰难，痛导师长往。仰功勋高过昆仑上，感德泽汪洋东海广，忆言教永耀寰球比太阳。……为人民，还存报效涓埃望，闻号召，意深长，化悲痛为力量。

这首作品即兴而发，爱憎分明，大气恢宏，写出了在特定的历史环境中悲喜交加的情怀。

续引一首意味隽永的《咏无题雕塑》：

是湘妃，南浦潇湘怨别离？是昭君，穹庐梦逐雁南飞？是婕妤，惆怅微吟秋善弄？是木兰，迷离乍换旧时衣？慢猜疑，主人不道非和是。雕不尽的神情，塑不完的心意。商量名字，最好是无题。

再引一首明快的《题〈篝灯课读图〉》：

可贵处，不在画。先看题，后读跋。啥缘由，许多名吏名儒都给他作了高评价？自古来，寸草春晖，永远有说不尽的恩情话。问何处是天堂，它就在母亲膝下。

朴老的自度曲，既传统，又自由，既有创新，又不失规范，既有传统散曲之韵味，又有新体诗之洒脱。

人们都觉得朴老的自度曲尤其是讽刺类作品，曲味特别浓。这种被元代人称作"蒜酪""蛤蜊"味的曲味，就是散曲体式、音韵、语言风格及修辞表现手法的总体特征。这是他深厚的古典文学根基与"五四"新文化运动精神相结合的产物，是他在诗歌继承与创新的道路上坚持现代化、民族化、大众化

的发展方向的结果。不仅实现了他自己的诗歌美学追求，而且
为我国新诗歌格律化的尝试做出了特殊贡献。

当代倡导并成功实践散曲改革第一人

朴老的曲作始终以继承、改革、创新为己任，勇于探索，
勇于实践。1961年9月，他在《滴水集》序言中谈到他1959
年试作散曲的体会时说："曲，这一体裁，和四、五、七言的
诗以及长短句的词相比，灵活性较大，易于吸取群众性语言，
也能容纳更广泛的内容，对于摹写新的事物，可以提供较多的
方便。同时，曲的音乐性强，在形式和格律上，我觉得它对于
民歌和新体诗的发展，可能有所帮助。这是我试学写曲的一个
缘由。"1977年9月，他又说："诗歌不是我的本行。最初只
是由爱好而尝试写作，随后又由学古而渐想到创新，希望能在
我国新诗歌的创建中起一点'探路人'、'摸索者'的作用，
如是而已。"

1979年1月，他在全国诗歌创作座谈会上发表讲话说：
"我写的多是传统诗，即所谓古典诗，但新诗我也写过。我的
目的是为了探索诗的形式，三言、五言、七言、杂诗、新诗我
都写过，就只没有写骚体。我是想摸索诗歌创作的途径。"又
说："我到五十多岁才写词、曲。我不太懂音乐，写曲也不知
道能不能唱，反正已变为案头文学了，后来我干脆自己安个牌
子，也不知道自己创造的算不算，反正没有框框。"

最能说明朴老诗词改革思想轨迹的是，他在 1976 年 12 月写的《毛主席致〈诗刊〉函发表二十周年纪念座谈会献词》，他在这首七言古风长诗中云：

　　十二年前春尚寒，陈总一日招我谈。谈及主席曾有言，文艺改革诗最难，大约需时五十年。我于诗国时偶探，乍闻此语震心弦。其后屡试复屡颠，稍识其中苦与甜。……诗重思想质领先，由来体式随时迁。今日与昔判天渊，旧型哪足供回旋？新诗为主势必然，顾瞻道路尚漫漫。牧歌民谣诗本源，浑金璞玉需雕镌。抒情摹态有偏全，协声造语分粗妍。……际此青黄待接连，旧诗亦可供蹄筌。暂借旧碗盛新泉，更存新火续灯燃。……方今恶草喜锄芟，妖雾扫空天地宽。革命事业看风抟，回荡万里助文澜。行见百花开满园，推陈出新新又翻。诗境无穷山外山，愿随志士共登攀。

　　这首诗是朴老的论诗诗，也可以看作是他的诗观。而最能体现他的诗改观的，是他在《片石集》前言中关于诗歌继承与改革的具体论述。

　　他说："幼年时，由于家庭和环境关系，胡乱读过一些古诗词，逐渐受到了感染，发生了兴趣。年龄稍长，渐懂世事，用诗歌语言表达内心感受的愿望不禁油然而生。"后来在创作实践中遇到了诗歌内容与形式之间出现的"圆凿方枘，互不相入"的情况。他说："清朝末年已经有人注意及此，想作一点革新的尝试，可是矛盾实在太大，纵然削足，终难适履。'五四'以后，又有人提出了语体新诗主张，打算索性抛弃旧形式，从根本上彻底改革我国诗歌。不少人曾为此从各方面付出过可贵的劳动。可是，诗与文毕竟不同，诗歌与口语差别更大。要做到既是全新的，又是大家熟习的；既是现代的，又是适合民族口味的；既是通俗易懂的，又是经过琢磨锻炼的；确实不是一件容易的事。"又说："我尽量从人民大众的口中，从中国的、外国的诗歌遗产中设法汲取可借鉴或参考的形式，来表达自己心中与周围群众都想表达的爱与憎的情感。实践的结果，使我还是逐渐倾向于多采用我国诗歌的传统形式，即五七言的'诗'，长短句的'词'，和元明以后盛行过一时的'南北曲'。"在对比了"诗"、"词"、"曲"的发展之后，他认为"曲"，有其特别的优势：

首先，同"诗"、"词"比较，"曲"兴起较晚，脱离群众的时间也不太长，因而比较接近现代人的情感与语言，具有较大的吸引力。

其次，在语言方面，由于"曲"曾是应用于舞台的，它能够"逼真地模拟各种人物的神气、口吻，因之可以更自由地使用一切足以取得预期效果的各种表现手法与作风，而不受正统教条的束缚。例如，所谓的尖新、刻露、俚俗、泼辣等等，在'诗'与'词'里是被视为瑕疵，引为禁忌的，在

'曲'中则不仅容许，反而认为'出色当行'。这确是一不小的解放。"

第三，在句型上，"曲"突破了"诗"的整齐单调（仅指典型的五、七言），并且突破了"词调'"的字数限制（自由使用衬字）；甚至在调型上也相当灵活，突破了"词调"的句数限制，许多曲调的句数可以顺着旋律的往复而自由伸缩增减。作者长说短说、多说少说，随意所向。

第四，"曲"除了供演出使用的剧本外，另有专供阅读的"散曲"。散曲有一调独立的"小令"和数调组合的"套数"。小令可以是单章，也可以是联章，套数可长可短，可多可少，可以异调组合，也可以同调叠用。作者可以随自己的方便，或作速写式的即兴小品，或作畅所欲言的鸿篇巨制，伸缩幅度很宽，可以适应各种题材、各种时地的需要。

他还谈到散曲的一些特殊限制，那就是所谓"曲律"，有一些"律"甚至严过诗与词。如平分"阴"与"阳"，仄分"上"与"去"等等。但他认为，这些问题都由"配乐"而起，如果只是把散曲作为一种诗体，不再演唱，则"合律"问题也就自然消失。只需照顾到一般平仄，使读来顺口，听来入耳，似乎就可以通得过了。

综合上述，他认为，散曲"作为我国的一种传统诗歌形式，还是颇有可为的。对于创立我国的新诗歌，还是可以起帮助作用的"。

关于散曲的继承发展和创新，朴老指出："我们要尊重，要继承，要发扬的是应当从《尚书》、《诗经》以来 3000 年的源远流长的民族诗歌传统。我们诗歌的改革和创造只有在这个传统的基础上发展起来，否则不能期望会有什么很大的成就。"

散曲同诗词一样，其体制形式必然接触到语言形式问题。朴老指出："在我国古典诗词中，五、七言这一体裁的历史特别长，持续绵延近二千年，有盛有衰，但从未中断，直到今天仍然活在一些作者的笔下和广大群众口头。从古典文学中后起的词曲里，从发自民间的山歌、俗曲、鼓词、唱本里，都可以看出五、七言的成分隐然占有很大的比重。"我国诗歌由整齐的五、七言到长短句，由此变而为曲，其进化端在语句之长短变化之中。在曲之长短句法中，多为三、五、七言句。还有些曲调在许多单数字之句中，插上一二双字句，再配以对句、排句、叠句，使通首句调抑扬顿挫，跌荡起落，摇曳生动。朴老的自度曲正是生动地运用了我国民族语言的这些特征。

关于语言形式中的用韵标准问题，朴老曾主张从长期沿用的旧韵书所划分的韵部中解脱出来。他说："我自己则倾向于大体依据京剧的所谓'十三辙'。"朴老在其部分作品中实践了他的这一主张。但这并非他的结论性意见。《韵文集》出版说明中称"他晚年的看法有了发展和变化，而他所写诗、词，则始终保留了'十三辙'中已取消的入声韵，并多次对编者谈，取消这一在声情表达上有特殊作用和美感的入声是可惜的"。朴老一生从事韵文创作,在用韵方面曾不断求索、尝试、反思。读者从中可以得到一些有益的启示。

朴老说,继承诗歌遗产,不能不触及两个技术上的问题,一是"平仄",一个是"韵脚"。"所谓'平仄',指的是字音的'高度',即平衍与升降,舒徐与疾促的区别。……这就是所谓'格律'的由来"。他认为,"中国诗歌,不论将来会采取什么形式,只要汉语语音的特点不变,'平仄'总还是不能无视不管的。"

关于"韵脚"问题,他认为"似乎比较容易些,因为我国人民群众对于'押韵'已经如此熟习,如此喜爱,以致如不押韵,简直就很难使一般人承认是诗了。……看来,我们将来的诗歌总还是要用韵的,这一构想,大致不会十分远离事实。困难所在,依然是我国方音太多,韵部各异,不易找到一致承认的标准。"因此他主张"辨声(平仄)从严,用韵从宽"。朴老后来又多次表白自己的观点是助人以筏,"给南北诗人以方便,也就是给初学作诗者以方便,肯定会有利于普及和提高"。1977年秋,朴老又说"我这么做,并无什么语言学的理论根据,只是取其可以减少韵部数,放宽选韵范围,并且借京剧的广泛流行的影响,无形中为这一分韵法开通较宽的道路,便于使多数容易接受而已"。朴老提出的"宽"、"严"两套韵部的建议后来由于种种原因没有实现,但"严声宽韵"的主张在诗界影响很大,至今仍有不少诗人在成功地实践着。朴老在用韵方面,曾不断求索、尝试、反思,使我们得到不少启示,而这正是今天仍有争议、有待深入探讨的问题。

朴老在他一生的创作实践中，特别是在1959年以后创作的自度曲，充分体现了他的诗改观。朴老走过的这条道路和他的自度曲，受到广大人民群众的赞扬，也得到一些学者的认同。

中国新闻学院古文学教授林岫，将朴老在当代诗歌改革方面的成就，概括为三点："用其可用、革其当革、创其可创"。这三点，曾被朴老戏称为"三大妄为"，林岫先生认为，实则是"三大敢为"、"三大贡献"。朴老以其改革的创作实践，激活了"曲"这个沉寂已久的诗体，证明了它的文学生命力，功莫大焉。

复旦大学的徐志啸先生说，"五四"以来，"人们谈论最多的，就是诗歌形式的改革(或为'诗歌革命')问题，在新旧诗体形式的取舍上，人们争论不已，难以走出一条完全适应于新时代的新诗歌形式道路。就这点说，赵朴初先生的这一以旧体诗装新内容的创作，无疑为新时代的诗歌创作提供了借鉴和模式，它告诉人们，不必舍弃旧体式，只要写得好，让内容和形式高度统一，旧体诗词曲，照样可以为人们抒发情感服务，照样会受到人民大众的欢迎和喜爱。"他认为，朴老在曲的创作上作了"更上一层楼"的尝试，他的自度曲"实际上已经完全成了戴着'曲帽'的新体诗了。"

南京财经大学的钟扬先生在其《中国新诗格律化尝试——论赵朴初的"自度散曲"》一文中认为赵朴初的自度曲是一种

新的格律诗。"他对自度曲用得出神入化，他的作品潇洒自如，已经成为一种非常成熟的格律化的新诗。这种格律化的新诗，既无传统格律诗的僵滞，又无自由新诗之涣散，既自由又有法度，从根本上克服了新诗难以朗朗上口、难以记诵的缺陷，基本上实现了赵朴初自己的诗歌美学追求，确为中国新诗格律化的独特尝试与特殊贡献。"

朴老在散曲继承与创新的道路上，成功实践了他所说的"既是全新的，又是大家熟习的；既是现代的，又是适合民族口味的；既是通俗易懂的，又是经过琢磨锻炼的"追求。他用他的"片石"精神，为后人铺就了一条崭新的道路，为我国新诗歌格律化的尝试做出了特殊贡献。

似与非似是旧体诗向新体诗过渡的主要特征

中国古代散曲，作为一种特定的韵文体式，自宋、金发轫，元代兴盛，明代继盛，到清代衰微，历经七八百年之久。但其体式基本上没有太大的变化。在清中叶，散曲的创作从整体上看逐渐衰落，"但一些傲世尚奇的作家如金农、郑燮等却写出了一些优秀的散曲，其中部分作品还与民间盛行的时尚小令声息相通。他们的曲作，或不标示曲牌，或自创牌名，多以'自度曲'面目出现，虽无散曲之名，却不失散曲文学的神情与风度；其存曲虽然不多，但的确是清中叶散曲文学中一道亮丽的风景"。赵义山先生的这一段话，同朴老所说的"清朝末年已经有人注意及此，想做一点革新的尝试”的分析似乎是相见略同。

从20世纪80年代起，随着我国传统诗词的复兴，散曲的研究和创作迎来了新的高潮。老一代和新一代的散曲爱好者，创作了大量的优秀散曲作品。特别值得乐道的是，在散曲继承和创新的过程中也出现了不少新时代的“自度曲”。这种现象的出现绝不是偶然的，这是“诗随时迁”的必然结果。

但是，目前人们对于自度曲的看法并不一致，甚至有较大分歧。有人发出“鼓与呼”，有人抡起“刀与斧”；有人认为是“新苗”，有人认为是“杂草”；有人说“写好了是极致，写不好是垃圾”。这毫不奇怪，贵在探索，贵在创新。这使人联想起金末元初开始的由“词”到“曲”的演化。当时，“一方面作为传统歌曲的词仍在传唱，另一方面是作为新兴流行歌曲的元曲又不断产生，如元好问有创调〔骤雨打新荷〕（一名〔小圣乐〕）。”赵义山先生在《元散曲通论》中说“词与曲并行歌场，这一事实本身就说明曲之作为一代乐府文学的代表，还没有完全成熟，因而一时还不可能将词取而代之。不过，笔者以为，这种由词而曲的演化已进入后期而渐至成熟了。”诗体演化的历史说明，任何一种新体诗的产生都有一个演化期、兴盛期和衰落期的渐进过程。处于演化过程中的这种诗体，它既有旧体诗的特征，又有新体诗的特征。既像旧体诗，又不是原来的旧体诗；既像新体诗，又不是完全成熟定型的新体诗。这种新旧之间的关系，不是非此即彼，而是我中有你，你中有我。

由此看来，这种"似与非似"的现象正是处于演化期的诗体的主要特征。赵义山先生将元散曲的发展演变分为四期，即演化期、始盛期、大盛期、衰落期。由"词"到"曲"的演化期经历了 20 多年，再到始盛期又经历了 30 多年，至大盛期又经历了近 40 年。目前，我国散曲的改革，如果从 20 世纪 60 年代算起，也不过 50 年的时间，应该说它正处于由旧体诗向新体诗过渡的演化期。

变革，是诗歌发展的总趋势。"诗舟欲得好风助，也赖流波前后推"。我们应当有"体随时新，旧调难沿"的紧迫感，因势利导，积极探索这种发展的客观规律。朴老说："过去各种诗体，大致都起于民间，其音调之和谐总是先由人民大众于无意中取得，经过一定时间不自觉的沿用，著为定式，这就产生了所谓的'格律'。格律可以突破，可以推翻，但推翻之后又必须有新的格律取而代之……在全新的、比较成熟了的、能够得到广大群众真正喜爱欣赏的诗歌形式产出之前，应该怎么办呢？所以我又有这样一个设想：可否还是酌采人民原已熟悉的传统的诗体，即诗、词、曲的形式，先解决群众的需要问题，并借此提高一般群众对诗歌语言的接受水平，同时，通过实践，检查在古典诗歌中究竟有哪些是还可以继承或可以借鉴的东西，为创造将来新诗格局寻找途径。"作为伴随这种即将来临的新诗格局而出现的自度曲，尽管有"新酒旧瓶"之讥，作为一种过渡形态，也在所难免。

要写好自度曲，必须坚持既继承传统，又大胆创新，既规范，又自由的原则。马凯同志于 2008 年 12 月 18 日，在谈到诗词的继承和发展的关系时提出两个"千万不能"：一是"千万不能丢掉传统"，二是"千万不能没有创新"。"丢掉传统，中华诗词就不成其为中华诗词，就会自我'异'为别的文学形式"。"没有创新，中华诗词就会丧失活力，就会脱离时代、生活和大众，也会被'边缘化'"。他还进一步指出，"处理好继承和创新的关系，一个重要方面是要正确处理诗词格律问题"。既要讲格律，又要与时俱进。他主张"求正容变"。马凯同志的以上论述，对当前探讨散曲的继承和创新，有着现实的指导意义。

要写好自度曲，首先要在"求正"上下功夫。只有写好了散曲的正体，才能写好自度曲。"自度"对"正体"而言，应力求神似，而不能只求形似。有无调名和曲牌不是区别散曲与其他诗体的标识，任二北先生说得再明白不过了："曲之根本作法，于何处见之？曰：见之于作成之后，确实是曲，而非诗，非词并非其它一切之长短句也。"

写好自度曲的真功夫端在语言。对于曲的语言，古今名人学者有许多精辟的论述。任二北先生曾以动与静、敛与放、纵与横、深与广、内旋与外旋、阴柔与阳刚来形容词曲之语别。徐大椿先生曾以"取直而不取曲，取俚而不取文，取显而不取隐"来形容曲语的特色。清黄周星也说过，散曲"少引圣籍，多发天然"。任二北先生还说过，散曲"少用文言，多用语体"。赵义山先生则说："元曲之所谓'本色'，即黄周星所云

'天然'，任二北所云'语体'"。

朴老生动地运用散曲的语言特征，使他的自度曲达到了极致。朴老的自度曲还告诉我们，散曲的语言随着时代发展会不断变化，但散曲语言的俚俗本色不会变，也不能变。尽管曲坛也有所谓的"文采派"，但它的主流是本色派。因此，在散曲改革发展的过程中尤其要防止散曲被雅化，散曲一旦雅化，与词无异。

最后，我想以朴老的诗句结束本文：

"尊传统以启新风"。

这是朴老为《书法》杂志创刊十周年纪念所撰对联中对书法创作提出的期望，而这也正是他一生从事诗歌创作的指导思想和所走过的道路。

我是如何喜欢上散曲的

　　我从20世纪40年代末上中学时起就喜欢上了诗歌。不过那时学的是新诗，主要是解放区的诗和苏联的诗。对我有启蒙影响的主要有艾青、臧克家、田间、李季以及马雅可夫斯基、聂鲁达等中外诗人。那时课本里没有传统诗词，我第一次接触传统诗是1949年从旧书摊上找来的鲁迅先生的《自嘲》。看到的第一首词是1951年在军干校从教官那里抄来的岳飞词《满江红》。后来也背诵过一些唐诗宋词。但我真正喜欢上传统诗词，是1957年在臧克家主编的《诗刊》上发表毛主席的18首诗词之后。至于我喜欢上散曲则是1958年中央庐山会议以后的事。

　　那年，我在企业党委办公室工作，管机要文件，并参加党委会议作记录。对于中央文件和中央会议精神我是"近水楼台"。在中央庐山会议期间，批判所谓右倾机会主义，毛主席给时任外交部副部长的张闻天写了一封信，批评他"你的老而又老的疟疾原虫远未去掉，现在又发寒热症了"，并引用了昔人一首《叨叨令》："冷来时冷的在冰凌上卧，热来时热的在蒸笼里坐，痛时节痛得天灵破，颤时节颤得牙关挫，只被你害杀人也末哥，只被你害杀人也末哥，真个是寒来暑往人难过。"当时觉得这首《叨叨令》语言朴实，诙谐幽默，嘲弄俏皮，朗朗上口。既不同于传统的诗和词，也不同于新诗。

对这首《叨叨令》我记忆很深，且能背诵。这是我对散曲的第一印象。

　　1961 年，我在太原市委机关农场劳动锻炼，秋天时节，白天黑夜看葡萄园和护田。闲来无事，就思摸那首散曲。整天价"也末哥""也末哥"不离口："真是饿煞人也末哥"，"真是累煞人也末哥"。当时不懂曲谱，也没韵书，兴致来了，就凭那首《叨叨令》的音律和感觉诌上几句。如守夜时，一人在葡萄园，一人在山坡上，联络信号是：葡萄园里手电筒闪三下，山坡上敲三下水渠的钢管，表示平安无事。所以我就诌了四句："葡萄园里灯光照，西山坡上回音报。昨夜平安无事也末哥，清晨见面开怀笑。"还有一天晚上巡田时，听见玉茭地里有"唰唰"的声响。我大喊一声冲了进去，那人慌逃绊倒，我扑上去把他逮住。带回农场一看吓了我一跳，原来他是本村彪形大汉马车夫，手里还拿着一把镰刀。第二天人们传开了，"三更半夜，玉茭地里，秀才捉了庄稼汉"。这样我就又凑成四句："半夜巡田心无颤，秀才捉了庄稼汉，真是后怕也末哥，吓得我出了一身汗。"后来依照曲谱改写成了《护秋》和《巡田》两首《叨叨令》。这是我习作散曲的开始。

　　是毛主席引用的那首《叨叨令》诱发了我对散曲的兴趣，所以一直想找到这首小令的作者。我曾翻阅了《全元曲》也没找到，后来才从网上搜索到，原来是明代人陈全写的，题名为《疟疾》。前不久，高履成先生找出了他保存的一本《毛泽东点评诗词曲》，其中就有毛泽东圈阅过的这首"疟疾"的《叨叨令》。

1965年2月1日，《人民日报》发表了赵朴初先生的《某公三哭》，看后一下就把我吸引住了。这组散曲震动了当时文坛，也使我心情为之一振。朴老的这组曲子出神入化，潇洒自如，幽默风趣，美刺并茂，深深地感染了我，并激发了我创作散曲的热情。当时就想模仿《某公三哭》写点东西。写什么？怎么写？当时正值中苏两党意识形态大论战。我党连续发表了批判苏修社会帝国主义的《九评》。勃列日涅夫等把赫鲁晓夫赶下台之后，公开表露在国际共产主义运动和对中国问题上，他们同赫鲁晓夫没有一丝一毫的差别。我党中央批判勃列日涅夫等执行的是没有赫鲁晓夫的赫鲁晓夫主义。赫鲁晓夫曾吹嘘他们已取得社会主义完全胜利，并污蔑中国几个人穿一条裤子。我们批判他们是"土豆烧牛肉式"的共产主义。还想到赫鲁晓夫在联合国大会上拿鞋敲桌子的丑闻。想到这些，我就以"新当家的老弟"的口气，学着诌了几句，大意如下：

别气啊别气！别怪我们演出逼宫戏。你的鲁莽太出奇，联大会上拿鞋敲桌子，这哪像共产党的书记？你的改革难言有成绩，土豆牛肉刚充饥，却狂言社会主义已取得完全胜利。

别泣啊别泣！当心哭坏身体。想当年咱们是知己，你对我的提携怎能忘记？今坐上你的交椅，会努力再努力，实现没有你的你的主义，好歹我也算一"尼"（勃列日涅夫全名为列昂尼德·伊里奇·勃列日涅夫）。

当时没有曲谱可循，也没有《中原音韵》，手头只有一本《韵辙常识》，附有"十三辙同韵常用词"表。所以，在反复咀嚼《某公三哭》之后，我就顺其《哭自己》中〔哭途穷〕的音韵和旋律，用"十三辙"韵拼凑了这么两段似曲非曲的效颦之句，平仄也不太讲究，也不曾独立成章。

1979年底，我有幸读到了赵朴初先生的《片石集》。这本集子共收其自1950年至1977年的作品189首，其中有散曲33首。除《某公三哭》外，还有《故宫惊梦——江青取经》、《不是路——题漫画〈美国商船出洋记〉》等带有政治题材的套曲，还有庆祝党和国家大典的一些小令。这使我认识到散曲这种诗体不仅可以写景叙事，而且可以涉猎重大政治题材。由此对散曲的认识进一步升华，也进一步激发了我创作散曲的热情。在这本集子中散曲占的篇幅虽然不大，但朴老在这本集子的前言中却用大量篇幅论述了他对散曲继承和创新发展的意见，足见其对散曲情有独钟。特别是他对"自度曲"独到的见解和他对诗歌改革的独特尝试与特殊贡献，对我国当代散曲的复兴和创新发展产生了重要影响。朴老的这些重要论述也一直影响着我后来的散曲创作。

从以上我对散曲认识的过程可以看出，毛主席引用的那首

《疟疾》的《叨叨令》是我认识散曲的开始，《某公三哭》使我对散曲的认识得到了升华，而《片石集》前言对散曲的论述，使我对散曲的了解和创作开始入门。此后，在用格律诗词言情言志的同时，我也学着用散曲形式表达内心对外界事物的感受。1980年后创作热情逐步高涨，1995年退休之后进入创作高潮。

我在创作中，对诗、词、曲都有所好，但尤爱散曲。我之所以喜欢散曲，一是欣赏散曲语言的本色当行，喜欢它的语言的酣畅美，尤其喜欢它那种能容纳嬉笑怒骂、痛快淋漓、泼辣尖锐、俏皮风趣的语言风格。它的语言比较接近人民大众。

二是喜欢它在体式上较之诗、词有更大的灵活性和自由度。正如《片石集》前言中指出的：散曲不仅在句型上突破了五、七言诗的整齐单调，并且突破了词调的字数限制，可以自由使用衬字；甚至在调型上也突破了词调的句数限制，许多曲调的句数可以顺着旋律的往复而自由伸缩增减。作者长说短说、多说少说，随意所向。散曲有一调独立的小令和数调组合的套数。小令可以是单章，也可以是联章，套数可长可短，可多可少，可以异调组合，也可以同调叠用。作者可以随自己的方便，或作速写式的即兴小品，或作畅所欲言的鸿篇巨制，伸缩幅度很宽，可以适应各种题材、各种时地的需要。

三是朴老对中国诗歌改革的思路和他在散曲继承和创新发展道路上的创作实践吸引了我。朴老在分析了散曲的许多优点之后，认为散曲作为我国的一种传统诗歌形式，在诗歌改革中"是颇有可为的"，"对于创立我国的新诗歌，还是可以起帮助作用的。"他从1959年创作散曲开始，就着眼于散曲的继承、创新和发展，着眼于创立新体诗。他曾身体力行，"自定调式，自定调名"，创作了以《某公三哭》为代表的一些"自度曲"。同时还对散曲语言的节奏以及"声"与"韵"的规范与改革提出了许多宝贵意见。在诗歌改革的道路上，他认为"任何有志之士所能做到的，都只能是：在其时代所能提供的条件下，朝着个人所认为的正确方向，尽量作自己的努力，以期有所发现，有所进展，如是而已"。他还表白"对于一个求索者的我来说，倘能在这曼曼修远的道路上做一片铺路的小石头，即使将被车轮碾碎，终究能起一点垫脚的作用，也还是可以欣幸的。"

朴老的这些重要论述，一直指导和影响着我的散曲创作。在诗、词、曲的创作中，当确定一首作品的主题思想之后，往往根据意境和意象的表述，先确定是宜诗、宜词或宜曲；在散曲创作中，再根据内容和情节，确定是用小令或带过曲，或联章小令，或散套。在我写过的作品中，有写景的，也有叙事的；有歌颂的，也有暴露的；有一般题材的，也有重大政治题材的；有国内的，也有相当一部分是写国外所见所闻的。还有同一地区或同一题材，而分别用诗、词、曲来表达的。

用中国传统诗体散曲来表达对国外见闻的感受，对我来说是有点近乎冒失的尝试。是朴老的作品鼓励了我。朴老的第一首散曲就是写国外见闻的。1959年5月，他在由北京飞莫斯科途中首写了三首《寿阳曲》，接着在飞抵莫斯科、过拉脱维亚首都黎珈到达斯德哥尔摩，又写了《天净沙》、《柳营曲》、《醉高歌带过朱履曲》等五首小令。后来还写过一些访问缅甸、斯里兰卡、柬埔寨、越南以及赠寄日本友人的曲作。有了朴老的垂范，心中有了底气。1985年我首次出访到美国，先写了一首诗和一首词，接着试作了两首小令，顿时觉得用不同诗体、不同格调、不同语言写同一国家的见闻，这种尝试不错。从此以后我每到一个国家便分别用诗、词、曲来赋吟。

散曲能不能登大雅？长期以来，人们对散曲有一种偏见，正如朴老所说，"'曲'在我国传统文学中常被贬为不登大雅的'小道'，甚至被斥为伤风败俗的'淫词'。官修正史始终不肯给予一点地位。这固然是旧时代卫道之士们的偏见，但也必须承认过去的曲作者也有应负之责。……这是由于曲的兴盛时期大部分正处在我国封建社会趋向腐朽阶段，是社会败坏了'曲'，而不能说是'曲'败坏了社会。……我们今天继承遗产必须严格区分其精华与糟粕"。朴老从20世纪60年代初就开始用散曲来写像庆祝党和国家大典这样重大题材的作品，他说"结果证明'曲'这种诗体也是可登'大雅之堂'的。"在此之后，"为了反对侵略古巴、越南等地的帝国主义，为了反对向我国武装挑衅的外国反动派"，他"曾多次试用'曲'作为愤怒声讨的工具，结果证明它比较能够胜任"。毫无疑问这给我很大启示。在我的作品中，除了写过一些重要历史题材的作品外，由于工作关系，还写过一些涉猎外交题材的散曲。2009年在庆祝国庆六十周年时，我曾利用已解密的历史档案材料，写过两首套曲，一首是《见证中美建交前的历史时刻》，一首是《熊猫外交》（自度曲）。我自认为写这类重大题材，散曲也是可以胜任的。

在我的散曲作品中，还写过几首自度曲。受朴老的影响，我写自度曲不是把它当做独立的诗体去写，而是把它当做由旧体诗向新体诗过渡的诗体去写。这条路子走得对不对，自己没有任何把握，只能由历史和人民群众去做决定。

在人生的道路上，在诗歌创作尤其是散曲创作上，赵朴初先生对我有着重要的影响。我不仅欣赏过他的全部韵文，看过他的传记，而且有幸在玄中寺同他一块儿陪同过日本佛教界的贵宾。目睹过他的音容笑貌，领教过他的禅心为人。他在佛祖面前，肘跨手杖，合掌胸前，双眼微闭的虔诚的身姿至今难忘。

由于外事工作需要，我还研读过他的《佛教常识答问》，从这本小册子和他的其它著述中，使我理解了诗歌与佛教的渊源关系，特别欣赏佛教中的辩证法。因而更喜欢他的禅诗。看惯了他的诗歌，你就会从中领教佛家的慈悲和济世的胸怀。朴老的诗歌是他的特殊心怀与佛心的诗化表达。我不是佛教徒，但我心中有佛。

"朴老把永恒地微笑、诗和画留给了人间。在他的生命里，有佛家的慈悲、儒家的儒雅、道家的飘逸和法家的济世。和朴老有过一席谈的人，常常觉得自己升华了人格、开阔了眼界，从此不俗。……这或许是朴老留给人类文化遗产中最最重要的部分"。

《赵朴初传》卷首语中的这段话，充分表达了我内心的感受。朴老的一生，像一条汇聚了中华文明玉液琼浆的河流，他人走了，但这条河流还在流淌，奔流不息。

读王文才先生散曲选

　　王文才先生每当谈起他学习散曲的过程时，总要提到是毛主席曾引用过的一首小令，将他引进学习散曲创作之门，带上散曲创作之路。那是在 20 世纪 50 年代后期，他在太原某企业党委办公室工作。1959 年中央庐山工作会议期间，他看到毛主席写给时任外交部副部长张闻天的一封信。信中引用了一首明人陈全写的《叨叨令·疟疾》："冷来时冷的在冰凌上卧，热来时热的在蒸笼里坐，痛时节痛的天灵破，颤时节颤的牙关挫，只被你害杀人也么哥，只被你害杀人也么哥，真个是寒来暑往人难过"。在特殊的政治环境下，特殊的学习条件中，王文才读到了这首散曲，自会有一种特殊的感悟。作为一个从小就喜欢文学、自身做着文秘工作的他，自然对这种通俗易懂、朗朗上口、淋漓酣畅、诙谐幽默、寓意深刻、嘲弄尖刻的小令十分喜爱，从此对散曲有了浓厚兴趣。笔者在王先生读到这首《叨叨令》50 年后，偶然在坊间里找到一套中国档案馆整理出版的《毛泽东评点诗词曲精选》影印本（下册），有幸见到毛主席评点过的这首《叨叨令》。这本书，是 20 世纪 20 年代末上海光华书店印刷发行的，为时人顾君义所编，毛主席对此曲用毛笔作了评点，并补了一个漏字（影印件附后），足见毛主席对这首小令的喜爱。王先生也把这首小令当作学习散曲的范本，在 1961 年仿作了两首《叨叨令》，开始了散曲创作生涯。到了 1965 年 2 月 1 日，他在《人民日报》上读到赵朴初先生的《某公三哭》，稍后又买到赵老的《滴水集》和《片石集》。有了这些当时能收集到的散曲作品，他对这种雅俗共赏、出神入化、幽默风趣、美刺并茂、潇洒自如的文学形式有了进一步的感悟和了解，受到很深的感染，激发了创作的欲望。凭借着学生时代的文学功底，50 多年来锲而不舍，刻苦自学，不仅创作了大量的散曲作品，而且取得了相应的成绩，形成自己的特色。在当今山西散曲界亦算是始作散曲较早、创作颇丰的散曲作者之一。

王文才先生经过一生的不懈努力，在学习与创作散曲方面有了自己独特的感受，在作品中形成自己的风格，草根山寨风味，全凭自学而成。由于入门时所受的影响，他的作品多以自然取胜而不以造作取宠，语出天籁，抒收自如，清新活泼，体现了曲之本色。由于作者的性格及工作性质的影响，其作品严谨细密，疏而不漏。丰富的人生阅历和磨炼，使他的作品能信手由然，糅杂相间，疏浓有序。扎实的文学功底又让作品能笔触细腻，景情交辉，刻画在景外，表露于心底。做到情由景出，景随情取，笔力苍劲，用词鲜活，思绪顺畅，繁而不溢，密而不束，创造出许多让读者耳目一新的好作品。

值得一提的是，王先生由于工作的需要，在 20 世纪八九十年代曾多次出国，走遍了世界五大洲，一般曲友不会有这样的机遇。他借此经历，便用散曲记录了许多的异国风情，表达了周游各地的真实感受。这是古人不曾有过，时人也难以做到的。他不仅丰富了散曲表达的内容，而且拓宽了让散曲放眼世界的路子。看到这些作品，笔者不由得想起50年前曾见到一本陈大远先生的《大风集》。陈先生是一位有过外事活动的老同志，曾用诗、词、曲写了不少异国风情，王先生在前时得知这一消息后想方设法在网上查到这本旧书，并将仅有的三本全部买回来，也赠送给笔者一本，了却了我多年的夙愿。仅此也可看出王先生对散曲的热爱和对推动散曲发展的重视。他用散曲这一中华文化的特殊形式，将世界阴晴风雨、人文景观、地貌风景、社会变迁等尽收笔底，让散曲发出了奇异的光彩。王先生做了一回导游，不仅带读者对域外作了一次游历，更是走出了一条散曲新路，为山西当代散曲开拓了一片新天地，其影响和作用定会与日俱增，对散曲功能将产生深远的影响。

王先生的人品气度、文化修养自然在作品中表露出来。文如其人，曲亦如此。他的散曲作品大都与时代同步，节奏感强，具有较强的现实意义，这与有些人纯属作游戏之笔是有区别的。在风格上，格律严整，字工句稳，典不生僻，语不艰涩，极具散曲的特点。同时善于运用时令语言，从而增强了散曲的时代感，又不失文以载道的宗旨。这种风格当为现今社会所需，并易于容纳。

散曲冠名以"曲"非常恰当，它胎里带来汉魏乐府唐诗宋词的基因，融民间小调和"曲有地所"的文化素养，"按之弦索"而"发之歌咏"。今日之散曲已"非吟颂而供歌唱"，而是一种有自娱倾向的文体。它追求一种轻松适意、乘兴消遣的功能。所以喜欢上这一文学形式多是自发的，随意的，只是由喜好而学习并创作。通过这一创作过程，加深了对散曲的了解，进一步增强了学习的兴趣，乃至近乎痴迷。元曲的曲谱、宫调、韵律、格式在元代已形成一定的规范，经明人的充实，清人的取舍，至今已趋日臻完善。按不同的宫调表现不同的声情，讲究韵律和节奏，是学习散曲最基本的常识。王先生退休后在这方面下了很大工夫，处处从头学起，使自己的作品既规范又新颖，自然能进入散曲殿堂，体察个中三昧。当今有人对此较为忽视，甚至认为曲谱早已失传了（其实并非如此），没有必要过于守律，这是对散曲的误解。有人前面标着宫调曲牌名，后面注着用别的韵种，实让人感到不伦不类。岂知宫调、曲牌、谱式、音韵，由这四种主要元素才构成散曲的整体，不应当随意割舍分裂，否则会破坏散曲的完整。我们应当处理好散曲继承与创新发展的关系，在正确继承的基础上探索创新发展，在求"正"的前提下寻"变"。我们读王文才先生的散曲，应当首先学习王先生的这一精神。由于篇幅所限，本人不一一举例，待日后有机会研讨时，可与曲友另行讨论。

当今国兴而文兴，正是学习散曲的大好时机，全国形成了散曲热，而山西曲友先行一步，较早地成立了黄河散曲社、散曲研究会。出版了《当代散曲》、《中华散曲》以及各诗社的社刊和多种个人专集，使散曲活动进入到健康发展时期。今日出版王文才先生的散曲选又为这一活动增添了光彩。作为多年曲友，不顾才疏学浅，谨以此文对王先生的曲作问世表示真诚祝贺！

山西诗词学会副会长　　　　　　高履成
山西散曲研究会常务副会长

后　记

这本诗集缘何冠名"烙印存稿"四字？其一，我从20世纪50年代初开始写日记，日记本上都自题"烙印"，寄意人生烙印。其二，本集作品的创作年代跨越50多年，这是诗化了的烙印，况且有些作品是根据日记回忆而创作的。其三，本集所辑作品不是我的全部诗作，只是保存下来的部分，故只能称为"存稿"。

本集的编辑，未援常人文集例，按文体区分。这是因为：①国内的纪行之作，往往记述全部或部分行程和活动，有诗有词也有曲，若按文体编排，恐减损作品的整体价值和时间意义。②国外之行，每到一国一地都写有诗、词、曲，集中对照阅读，更能体现当时的思想感情和总体印象，故不宜按文体分割，使其散见于各处。

不按文体编排，若把全部作品按时间顺序排列，不加梳理，则又显得散乱无章。所以最后只得按内容分成"乡思曲"、"军旅情"、"名胜游"、"人物颂"、"应时篇"、"杂咏"和"环球吟"七部分。每部分大体上按创作时间顺序排列。

一分耕耘，一分收获。说真的，我掂量着自己在诗田里耕作收获的果实，并没有那种沉甸甸的感觉。鄙人名文才，实在是名过于实，"风流"之誉更不敢当。充其量只是一个传统诗歌的爱好者和传播者。出版这本集子，不是觉得它有分量值得出，而是觉得年近黄昏，来日无多，把自己一生的诗作编辑成册，做个交代，如是而已。

最后，在本集付梓之际，谨向序言作者、我的老战友韩玉峰，向本书的责任编辑、山西人民出版社的魏红女士，向鼓励和帮助我的诗友表示由衷的谢意。